锅男

精神科的故事

〔日〕奥田英朗 著
王维幸 译

南海出版公司

新经典文化股份有限公司
www.readinglife.com
出　品

目录

锅男

1

公司的奔驰车刚刚在自家公寓的入口处停下，灯光就突然亮了起来，田边满雄只觉得眼前一片雪白。还没等秘书从副驾驶座上下来，一大群记者就将车子团团围住。在车门打开的一瞬间，闪光灯咔嚓咔嚓地闪个不停。尽管早已司空见惯，可眼前这情形还是让他有点头晕。

“让开，让开。”一个留着平头的强壮男人用强硬的口气喊道。最近，田边满雄每次出门总要带上这位练过柔道的年轻秘书，同时让他兼任保镖。会长秘书室室长木下从后排座位下车，赶紧跑过来开道。“你们是怎么回事？不是说过不让你们进来的吗？”木下红着脸抗议。

“这群疯子。”田边满雄一面关注着事态发展一面咂舌，嘴里喃喃自语。或许是仗着媒体这块挡箭牌吧，这群记者根本不知道避让。田边满雄拄着手杖从奔驰车里出来，叼着雪茄，一声怒喝：

“喂，都闪开！”

“老板，请您就球队的合并问题谈一谈您的想法。”

“老板，下一届委员会什么时候召集？”

几支麦克风顿时塞到了眼前。这群记者犹如一群抢食的鲤鱼，呼啦一下围了过来。现场简直像上班高峰期一样混乱。

“大家不要挤。我早就说过，我在自家门前是一个字都不会透露的。”

满雄用胳膊肘推开这些无礼的人，径直往前走。

围堵从酒店回来的醉醺醺的满雄，已经成了记者们每天的功课。他们都期待着醉酒的满雄一不小心说漏嘴。

“新山选手会会长要求老板给个痛快话。”

某电视台的麦克风甚至塞到了他的鼻子上，把雪茄烟都碰掉了。满雄顿时怒火万丈。

“您打算跟球员会谈判吗？”

“胡说！不就是个球员嘛！”满雄不由得开始说粗话。

就在这时，木下的表情忽然进入了满雄的视野，他似乎正为老板的粗鲁言辞叫苦不迭。

“当然，球员中也有些人是很出色的。”满雄也觉得刚才那句话不妥，立刻又加上一句，“甚至还有些优秀的球员为社会做出了杰出的贡献。”

刚说了没几句，满雄就闭上了嘴巴，因为他还是觉得不妥。

自己的发言肯定会被断章取义，这是黄色新闻[1] 惯用的伎俩。

“闪开闪开。”他继续往前走。记者们不断后退，然后在入口前的台阶上一个压一个地全倒了下去。一群卑劣的家伙！满雄让秘书在前头开道，艰难地走进门厅。

“喂，我说过多少遍了，不让他们进到里面。”满雄训斥着二十四小时值班的前台人员。

“抱歉。我们一直都在提醒他们，可他们不知不觉就溜了进来。”

前台这位衣饰得体的年轻男人诚惶诚恐，像叩头虫一样连连点着头。

满雄乘电梯回到顶层豪华套间。今年七十八岁的满雄，三年前还住在成城的一处独院里，由于妻子先他而去，他便搬到了市中心这处便利的高级公寓。虽然可以节约时间，可他越发变成了记者眼中的香饽饽。自从搬过来，他还从未清静地进过家门一次，每一回都被记者搅得鸡犬不宁。

他把脱下来的外套交给木下，然后解下领带，躺在沙发上，让年轻的秘书揉肩膀。

“您洗澡吗？”家里的保姆问。“早晨再洗。”满雄喝了口茶，回答了一句。他打开电视，新闻节目中正在播报关于职业棒球界重组的问题。反正自己刚才的发言明天就会上新闻。肯定又会被

①用极度夸张或捏造情节的手法渲染新闻事件。

断章取义，只播放极端的部分。

他已经习惯了做一个恶人。在周刊杂志的调查报道中，他在“最让人讨厌的日本人”评选中位列第一。前几天，他的私有财产甚至还被媒体添油加醋地曝光了一番。一个个标题都很醒目，但没有哪个是正面的。现在，连小学生都用媒体给他取的绰号——“锅男”[①] 来喊他。

满雄是发行量号称第一的《日本新闻》的会长，同时又是职业棒球中央联盟人气火爆的球队“东京巨能”的老板。最近几个星期，作为球队的老板，满雄受到了各大媒体的猛烈批评。他提议将几支经营不善的太平洋联盟的球队合并，推行统一联盟制，结果遭到了舆论的强烈反对。

当然，“舆论”是被媒体操纵的。各家敌对媒体纷纷煽动舆论，把满雄塑造成了万恶的根源。

这样的做法让他很生气，他无法对这种恶意的报道熟视无睹，义愤填膺地坚持自己的做法是正当的。然后媒体再次集体找碴儿。双方就这样不停地打着口水仗。

真是一群无聊的疯子——满雄每天都在念叨这句口头禅。本该为社会服务的公共媒体，竟为了迎合大众，连脸皮都不要了。

满雄关了电视，又点上一根雪茄，吞云吐雾。从窗户里可以

①日语中，田边满雄的“边”字与“锅”的发音相同。

望见皇居黑黢黢的森林，森林的对面则是五彩缤纷、高楼林立的城市夜景。

每当遥望着这些景色，满雄便感慨万千：自己曾经只是一介报社政治部记者，没想到居然在强敌如云的竞争中打败了所有对手，脱颖而出爬到这个高位。

“会长，您该休息了。”木下机敏地说。因为满雄曾吩咐过，让木下一直在客厅里待命，直到自己入睡。

“嗯，知道了。”满雄把雪茄递给秘书，直起腰来。他自己也想在醒酒之前入睡。因为终日笼罩在不安中，他已经三年多没尝到不用喝酒就能安然入睡的滋味了。

他走进卧室，换上睡衣钻进被窝。他讨厌昏暗的房间，所以睡觉时一直开着台灯。

他调整了一下枕头的形状，进入睡眠模式。闭上眼睛，头晕乎乎的，意识也时断时续。还行，看来今晚能顺利入眠了。可刚想到这儿，耳边忽然传来“叮”的一声。声音很小，除非在静寂的深夜才能听得到。

怎么回事？满雄睁开眼睛，眼前是漆黑的一片。

他瞬间陷入了恐慌，手脚僵硬，全身发抖，连被子都哆嗦起来。

“啊哇哇哇哇——”满雄乱喊乱叫，全身冒汗，从床上滚了下来。他拼命地爬，拼命地找着门，脑袋也不知撞到了什么东西。他用手揉揉。我这是在哪儿？难道是在阴间？心脏随之猛地一缩，大脑也一片混乱。“喂——喂——”他大声叫喊。一阵响声过后，不一会儿，一束光线射入了他的瞳孔。

“会长，您怎么了？”木下察觉到异常后，走进了卧室。

幸好没有死——在从走廊射进的微弱灯光下，卧室里的景象映入了眼帘。床和桌子依然在原处。满雄浑身无力，瘫倒在地板上。

“会长，您没事吧？要不要叫救护车？”木下急忙跑过来，脸色苍白。

“不用。”满雄勉强从喉咙里挤出几个字。他擦着汗，气喘吁吁。“不用多管闲事。”

他无意间看了眼台灯。本该亮着的白炽灯竟然灭了。

“喂，赶紧检查一下那台灯的灯泡。”

他让木下扭下灯泡，发现灯丝断了。原来刚才是灯丝熔断的声音。

“混账，还不是因为你管理不善。你应该在灯丝烧断之前就提前换好。”

满雄的要求有点过分，但不发一通火，他是找不回面子的。木下铁青着脸点头致歉。

“好了，你可以回去了。”满雄轰走木下，打开卧室的电灯，心脏仍怦怦地跳个不停。

满雄长舒了一口气，趴到床上。今晚他想开着灯睡，虽然这样睡不着的可能性会很高。

满雄害怕黑暗，害怕隐藏在黑暗中的东西。而且，这症状还在一步步升级。

酒已经完全醒了。位居日本第一的大报社的社长居然还怕黑，真是让人笑掉大牙。

第二天，满雄把主治医生叫到会长室，想让他开些精神安定剂。昨夜的恐慌仍在大脑里挥之不去，一想起来就让他不痛快。虽然他不想把害怕黑暗的症状告诉别人，可只要能拿到药，心里就有底气了。

“田边先生，如果是失眠的话，我给您介绍一位专家。”主治医生似乎看透了他的心思，主动提议，“连日出席酒宴，您最近一定是疲劳过度了。”大概是从木下那儿得到了消息吧，医生的话中甚至带着一丝说教的语气。

正因为这个，我才讨厌医生的，乖乖地给我开药不就得了，哪儿来这么多废话！

“我也不愿意老去酒店喝酒啊。”满雄反驳说。

酒会的招待对象不是政治家就是金融界人士。每次赴宴，都要跟处于国家中枢的高层人士交换意见。

“总之，无论是安定剂还是安眠药，都是专家开比较保险，而且配药的比例也很重要，所以我给您介绍一位熟识的专家吧。”

“我不需要好医生，我需要的是一个可信的人。毕竟那群猎狗天天都在盯着我，哈哈。”满雄略带自嘲地说道。

“呃，这个我知道。”主治医生凝望着头顶思考了良久，说：“……我记得，伊良部医生的医院好像就有个精神科。”

“啊，你说的是日本医师会的那个伊良部理事啊，以前倒是跟他打过几次招呼。”

说起这家伊良部综合医院，从战前起就是一家著名的医院了。

“我听人说起过，他的儿子是一名精神科医生。”

“一家人啊，那我就放心了。回头我会让秘书去联系，你提前替我打声招呼。”

“知道了。”

满雄让主治医生量了量血压就把他打发走了。低压一百二十，高压一百六十，典型的高血压。这也是气血老是冲头导致的结果。

满雄在会长室处理了一会儿公务。这时，室长木下走了进来，说已经跟伊良部综合医院的精神科医生取得了联系。

“哦，那就让他下午出诊一下。”

“那个……对方说不出诊……”木下一脸愁容。

“连日本新闻的田边，他都不肯出诊？”

满雄还以为是自己的耳朵听错了。日本医师会曾欠他不小的人情。在优惠税制方面，自己也通过社论包庇过他们。

“是的。我是同他的儿子通的电话，怎么说呢，感觉这个人有点不通情理……”

“对方到底是怎么说的？你给我好好复述一遍。”满雄瞪着木下说道。

“那个……他说‘不行哦’。”

“‘不行哦’？”

“是的。好像是个很怪的人物，说是今天冷，不想出门……”

满雄的脸顿时开始发烫。这都是什么世道啊，所有的人都是废物。日本的将来完了！

“算了，再找别人。”满雄随便撂下一句，让木下退出去。“啊，等一下。”还没等木下出门，他又叫住了对方。

“那个，伊良部综合医院就在去巨能宿舍的路上对吧？我去看看，顺便视察一下正在施工的室内练习场。你给我调部车子。”

尽管不情愿，可满雄还是决定去一趟。虽然有点让人生气，但再找别人会更麻烦。即便是为了今晚的睡眠，他也无论如何都得弄点药。

满雄坐在公司的车里，眺望着东京的市容。崭新的高楼大厦一座接一座，令人目不暇接。难道政界和金融界都没有意识到这是经济泡沫？

看来有必要在报纸上敲一敲警钟。他觉得，就算是为了警醒大家，自己也不会轻易隐退。

伊良部综合医院的精神科建在昏暗的地下。满雄的嗓子不禁开始发痒。真是怕什么来什么，怎么偏偏建在自己最讨厌的黑咕隆咚的地方。由于没法让人陪同，他让秘书们全都在候诊室里等。

满雄敲敲门。“欢迎光临！”一个尖利的声音顿时从里面传来。是这儿吗？满雄不由得又看了看门牌。进去一看，只见单人沙发上坐着一位四十岁左右的胖医生，正满面春风地跟他打招呼，医生白大褂上别着的名牌上写着“医学博士　伊良部一郎”。

“是田边先生吧？锅男！我在电视上看到过，呃呵呵。”说着，对方一脸猥琐地笑起来，露出了牙龈。满雄一下怒火万分：居然敢当着我的面喊我“锅男”？真是太无礼了。

“介绍信早就用传真发过来了，据说是睡不着觉？老年性抑郁症最早的表现就是失眠。”

“老年性”这个词更是火上浇油，满雄忍无可忍，不由得提高了嗓门：

“喂，什么老年性抑郁症，你胡说些什么？太失礼了。你只要乖乖地给我开点能睡觉的药就行了。你知道我是谁吗？”

“啊哈哈，果然很威风啊，跟在电视上看到的一样。”伊良部高兴地拍着手，指着满雄，“你肯定是肝火太盛。先给你打一针再说——喂，真由美！”

随着伊良部的喊声，里面的帘子拉开了，只见一位穿着超短白大褂的年轻护士出现在眼前，她手里像握手枪一样拿着一个超大号的注射器，嘴角还挂着冷笑。满雄不禁皱起眉头。

“喂，怎么回事？你们要干什么？”

“别害怕，坐好，坐好了。”

两个人一齐上阵，把满雄的外套扒下来，又把他的胳膊绑在了注射台上。

“喂，等一下。总得解释一下吧。”

“只是普通的葡萄糖注射。”

“为什么要注射葡萄糖？”

“你忍一忍，马上就好。”伊良部像摆弄玩具一样，惬意地给他涂着消毒液。

抵抗也没有用，胳膊早就被绑了起来。这不是在做梦吧？满雄已经有十多年没被人命令过，更不用说被剥夺自由了。

针头扎进了皮肤。“疼疼疼疼疼！”满雄不禁惨叫起来。恍惚间，他甚至产生了一种错觉，仿佛时间倒流，一下子回到了上第一高等学校的学生时代。当时自己曾被驻日盟军喷过DDT，现在又体会到了当时那种感觉。

满雄无意间朝护士的乳沟看去。甜润的体香顿时扑鼻而来，护士的眼神跟他的碰到了一起，只见护士冷笑着，用手指戳着他的脑门。

这露骨的挑逗让满雄连声音都发不出来，银座喝醉酒的女招待都没有这么开放。

打完针后，对方端上了咖啡。伊良部靠在沙发上，把咖啡端到嘴边。自己的座位却是一把凳子，满雄不由得怒上心头。我可是“日本新闻”的会长、“东京巨能”的老板，这个家伙居然不把我当 VIP 客户对待?

“那个，你失眠那事，是每晚都这样吗？”伊良部问。

“不，有时会失眠有时不会，得看具体时间和情况。”满雄失望地回答。

“比如巨能队输球的时候？”

“喂，开什么玩笑！我才没那么小心眼呢。”

“那是什么时候？”伊良部问。满雄咳嗽了一声，开口说道：

“我说，你能不能先注意一下说话的语气？我好歹也算个有身份有地位的人吧。”

“哟，挺能装的。”对方根本不为所动，还随意地拍了拍满雄的肩膀。

“无礼之徒，你要是落在我手里，我绝对会弄死你。”满雄用开对方的手。他是真的生气了。

“田边先生，你的脸好红啊，血压又升高了哦。”

“‘哦’个屁，还不是让你气的……”满雄气得嘴唇直打哆嗦。

“脾气好大哦。要想睡眠好，首先得心平气和才行。”

满雄的嗓子又痒痒起来。敢教训我？臭小子，算你有种！

“上了年纪的人有一种情况，因为怕死，连睡个觉都怕得要命。”

满雄心里咯噔一下，表情不由得紧张起来。

“你胡说些什么啊。我、我、我早就把生死看开了。”尽管嘴上这么说，可满雄还是浑身冒汗，连舌头都不听使唤。

“以前，我们科就来了个八十岁的患者，他跟我们哭诉，只要在报纸上看到‘长眠’这个词就不敢睡觉了。”

“拜托，别把我跟那种没事干的老头扯到一起好不好。我每天忙得晕头转向，哪有这些闲工夫。”

可在反驳的同时，热汗却逐渐变成了冷汗。说实话，满雄最近还真是连讣告栏都不敢看了。每当看到比自己年轻的人死去，他心里就有一种莫名的紧张。

“嗯，大人物就是不一样啊。”伊良部像老牛叫一样慢吞吞地说道。

“总之我很忙的。赶紧给我开药。我跟你老爸可是熟人。”

“爸爸本周在夏威夷陪人打高尔夫呢。”

“我说，你能不能快点！”满雄的声音又不由得粗鲁起来。

“好厉害啊。”伊良部嘟嘟囔囔地写着病历，“那我就给你开点睡眠诱导剂，为慎重起见，再给你开点抗不安剂吧。然后，过段时间你再来复诊。”

“你瞎说什么。我哪儿有空来复诊。”

“那你就自己想办法克服一下呗。我们也想增加点保险点数[1]。”

---

①即“诊疗报酬点数”，点数越高，医院的收入越多。

伊良部嗲声嗲气地说，还摇晃起满雄的胳膊来。

“好好，你放手。”

满雄气得直喘气。这家伙不会是个白痴吧？

“那就明天。”

开什么玩笑！满雄忍住火气，抓起手杖从座位上站起来。往房间的一角一瞧，刚才的护士正躺在长椅上看杂志。他的目光不禁往她性感的臀部和诱人的大腿上滑去。这算什么破医院啊！

话说回来，他倒是有些年头没受过这种粗暴的待遇了。自从五十岁升任政治部部长以后，就没有过这种经历了。

走出诊室，电梯在走廊的尽头。由于害怕独自乘电梯，满雄只好硬着头皮爬楼梯。除了黑暗，满雄还怕狭窄的空间，那仿佛有什么象征意义似的，总让他不由得两腿发软。

回到车上，他冲秘书们发了通脾气，视察施工现场的时候也是乱找碴儿。

因为他觉得，如果不把在年轻医生那儿丢的面子找回来，自己就亏大了。

2

满雄那句“不就是个球员嘛”果然在电视上滚动播出，引发了各方的热议。其中的视频部分也是掐头去尾，只保留了满雄涨红着脸大吵大嚷的镜头。虽然对这种情形早有预料，可真的播出来，还是激起了满雄极大的愤怒。就在前几天，一名围堵的记者问他对巨能队的外援满不满意时，他只是回答了一句“还不够满意”，结果就被歪曲为“锅男狂吼，不要外援”。

职业棒球界的重组问题已然成了全民关心的一大热点。总理大臣泉田在接受采访时也说“要关心球迷”。连总理大臣都这副模样，这让满雄对逢迎大众的政治家越发讨厌了。于是他把政治部部长叫来，命他写一篇质疑泉田振兴经济政策的报道。事实上，他对现任内阁的无能也不是忍了一天两天了。

这一天，他接受了某周刊杂志的采访。虽然他对黄色新闻的采访很抵触，可在秘书们的劝说下，还是勉强接受了采访。既然笔杆子在人家手里，最好还是得辩白一下。

前来采访的是一名三十来岁的年轻记者，还有一位编辑部主任，当时气得他差点一声怒吼“把总编给我叫来”。现在的出版社真是太狂妄了。

“将职业棒球改制为统一大联盟，挑头的人就是田边先生您，我们可以这样理解吗？”

记者突然挑衅般地发问。

“看来，你们是非要把这顶帽子扣到我头上不可了。是个明白人就不难看出，搞统一大联盟的赛制对巨能队能有什么好处？我们自己很轻松就有数十亿的赚头了，凭什么要主动去改制呢？”

满雄盯着记者，叼起一根雪茄。秘书连忙跑过来点上火。一旁的摄影师则急不可待地连拍了数张。

“这么说，是太平洋联盟的一部分老板来向您求助的？”

“你这么说也没错。职业棒球共存共荣。既然太平洋联盟接连亏损，我自然也不能袖手旁观。只不过十二支球队的确太多了。我想压缩到十支左右，打造成一个高质量的棒球联盟。这才是对球迷真正的回报。”

“说到共存共荣，您不认为应该先平衡一下贫富不均吗？”

又来了！

满雄十分反感这种口气。

“你们说的是电视转播权的分配问题吧，开什么玩笑。你们把人家企业的努力当成什么了？巨能队从一穷二白的时代就一直在努力振兴日本的职业棒球，一直在拼命投资。没有自由竞争，产业本身就会丧失发展的势头吧?！”

一席话让在场的木下变了脸色。

“一旦球队的数量减少，就会出现球员失业和球队职员失业的问题……”

“我们这个社会到处都在刮着重组兼并的风暴，凭什么只有职业棒球界能独善其身？你们也太天真了吧。”

“那么，球迷能接受吗？”

没用的傻子们，以为搬出球迷，自己就安全了？

“我正是为了球迷才这么做的。你们说，我能眼看着太平洋联盟就这么垮台吗？我能见死不救吗？”

“那就是说，田边先生您是救世主了？”

“哼，我要是点头的话，你们是不是就会弄一个大大的标题，说‘锅男又口吐狂言，自称球界救世主’，对不对？”

记者苦笑一下，用笔杆挠挠头。

“我还不知道你们那一套鬼把戏？以为我很好骗啊？啊哈哈。”

眼见着终于驳倒了对方，满雄很高兴。他抽了口雪茄，躺到沙发上。

“对了，关于削减球队的问题，职业棒球的球员会肯定要罢赛抗议的。如果巨能队球员要罢赛，您会认可吗？”

“有种他们就罢赛试试啊。像这种忘恩负义之徒，我当场就把他们开除喽。”

“忘恩负义这种说法，是不是有点封建落后的感觉？”

“你懂什么？你知道球队为球员们付出了多少吗？”

“我听说，对于大学里有潜力的球员，你们从选拔阶段开始就不断给人家送零花钱……”

“啊？你在说什么？”

“我们早就得到这类消息了。据说，你们平时经常给那些有望加盟的球员送钱送东西。”

记者向上翻着眼珠，分明不想错过满雄脸上任何的变化。

“等一下。你搞错主题了吧？”木下愤怒地插了进来，“今天的采访主题应该是球界重组的问题吧。”

“我只是在问这是不是事实。”

“会长是不管这种选秀活动的。”

“可他还是有管理责任的吧？”

木下跟记者们争执起来。满雄一下来了火气。

“住口，吵死了。”满雄拄着手杖站起来，“喂，木下。我不想接受采访，可你非要我接受，你看看，这都弄了些什么？难道你让我来，就是听他们扯淡的吗？”

“田边先生，这怎么能是扯淡呢？”记者傲慢地反驳。

“不是扯淡是什么？你以为往杂志上登几个裸体女人，就变成新闻记者了？可笑！”

“会长，这儿交给我好了。”

这时，随着摄影记者按下的快门，闪光灯一闪，满雄的视野瞬间变成雪白一片。接着又闪了一下，这次竟让满雄感到了头晕。怎么回事？自己每天晚上都被闪光灯闪来闪去的，早已经变成家常便饭了。

满雄不由得瘫倒在沙发上，血液飞快地回流，眼前模糊起来，而且还喘不动气。他只好靠在沙发的扶手上。

“会长，您怎么了？”木下的声音带着回声传入耳中。

“你们都回去吧。会长累了。”

木下向记者们抗议。满雄则在一旁听着他们的对话，像一位事不关己的看客。

仿佛一滴墨水滴在了纸上那般，一个念头在大脑中慢慢地蔓延开来。明明没经历过，可心里却像明镜一样，知道死就是这种感觉。难道我要死了？不，不可能。

年轻的秘书赶过来，抱起满雄，把他安置在会长室的长椅上。满雄只觉得忽然间被一种恐惧包裹住了。闪光灯在眼皮的内侧闪着光，扩散出一层层光晕。

木下要叫救护车，满雄却拦住了他。反正也没发现什么异常。他自己心里有数，这是一种神经官能症。

“你把上次去的那家……伊良部综合医院的医生叫来。”他勉强从喉咙里挤出几个字。尽管那个医生十分无礼，可开的药还是挺管用的。

过了一会儿，木下在他耳边说道：

“刚才打过电话了，对方说出诊‘可不行哦’……”

满雄咬牙坚持下去。自己绝不能就这么一命呜呼。

“怎么了，田边先生？这次是头晕？”伊良部一面肆无忌惮地打着哈欠，一面慢吞吞地说，“真是受罪啊，又失眠又头晕的。”

满雄搓了搓左臂，盯着眼前这个像河马一样的男人。他一来就被这个人打了一针，据说今天打的是补药。自己怎么就到这儿来了呢？难道说真的是有病乱投医？

“你的秘书在电话里都跟我说了，说是因为某种原因，导致你突然陷入恐慌。”

“是木下说的？”满雄吊起眼梢。

“另外，还说你有脚癣。”

“开什么玩笑。我可从来没得过那种玩意儿。”

“别生气，秘书也是担心你才说的。”伊良部单膝拄在沙发上，不停地抠着鼻子，放肆的样子让人无言以对，“你还是先老老实实地说说你的症状吧。要是恐慌症的话，还有药可救。”

“恐慌症？”

“对，是植物神经失调症的一种，严重时会导致人昏迷，所以平日里会出现多种障碍，比如不能乘电车啦，害怕外出啦。”

满雄陷入了沉思。自己的确会偶尔感到恐慌。他知道原因是害怕黑暗与密闭空间。而这次又加了一个闪光灯。

“好了，你老实交代吧。”仿佛看穿了满雄的心思，伊良部说道。

“我在外面明明走得好好的。你别随便给我诊断。”

“嘴还挺硬的，你明明怕黑。”

“是木下说的吗？”满雄瞪着眼，唾沫星四溅。

“所以我不是说了嘛，他是担心你才说的。”

“谁害怕那玩意儿啊。我又不是小孩子。”满雄仍在逞强。自己绝不能在这种傻子面前露怯。

“要不咱们就试试？我把电灯关了。这儿是地下室，关灯后伸手不见五指。你敢不敢？”伊良部凑过来，得意地一笑，样子犹如一头想要吃草料的河马。

“试试就试试。”满雄硬着头皮说道，不过膝盖却早已打起了哆嗦。

“喂，真由美，把电灯给我关了。”

躺在长椅上的护士瞥了满雄一眼，极不情愿地站起来，关掉了墙上的开关。四周顿时一片黑暗。

满雄咽了口唾液，全身顿时冒出汗来，同时呼吸困难，坐立不安。自己的身体仿佛消失了似的，前后左右的感觉都没有了，连时间也搞不清了。他不知道这黑暗的时光是过了一分钟、十分钟，还是将永远持续下去。死、长眠……一连串可怕的字眼接连浮上大脑，膝盖抖得像筛糠一样，他差点就要叫起来。

“啊——”忽然有人叫了起来，是伊良部的声音，“真由美，开灯，快，快！”

一阵嘈杂声随之传来：打碎烧杯的声音、推倒注射台的声音……发生什么事了？满雄的大脑陷入了混乱，身体忽然被什么东西撞了一下，原来是伊良部扑了过来。满雄顿时仰面摔倒，后脑勺结结实实地撞到了地板上，一记沉闷的声音随即响起：咈——

“喂，瞎闹什么啊？”护士懒洋洋地打开房间的电灯。

“你们俩都是傻子吗？”护士俯视着二人，一脸的鄙夷。

“啊，吓我一跳。真的是什么都看不见。”

“呜呜呜……”满雄呻吟着，他喘不动气，感到脑袋嗡嗡响。

“啊？你没事吧？”

“喂，滚开！”满雄拼命地叫着，原来他被伊良部压在了下面。

“不好意思，疼吗？呃呵呵。田边先生，你年纪也不小了，要是死了多不好。”伊良部不好意思地笑笑，从地上爬起来。

“你这个庸医……”满雄剧烈地咳嗽着，眼里渗出了泪花。

“啊，是我大意了。其实我也一样，从小就害怕黑暗。现在仍然开着小电灯睡觉呢。啊哈哈，黑暗这玩意儿好可怕，好可怕。”

伊良部红着脸，用手不停地扇着。满雄费了半天劲才爬起来，调整好呼吸。“老兄，你真的是个成年人吗？你的大脑是不是只有五岁啊？”他声音嘶哑地说。

“抱歉，我也觉得自己没个大人样……”

“患恐慌症的分明是你。”满雄反唇相讥，“什么叫惊恐障碍？我看你才有病吧？”

“我是从很早以前就这样了。田边先生是最近才开始的，对吧？肯定是有原因的。”

“闭嘴！我凭什么要找你这样的人来看病？”

“你厉害，行了吧。好了，坐下坐下。喂，真由美，来两杯咖啡。”

满雄全身没了力气。自己干吗要到这儿来呢？

“就是说，黑暗会引发你的恐慌，对吧？那别的呢？”

伊良部的问话声就像孩子一样。

“密闭空间。最近我电梯都不敢一个人坐了。”满雄随口说道，连抵抗的气力都没有了，“今天则是闪光灯，真是烦死人了。”

他长舒一口气，弓起腰来，忽然，他意识到了自己的年龄。

“那一定是因为黑暗和密闭空间像一口棺材。”伊良部若无其事地说着最伤人的话，“而闪光灯让视野变得一片雪白，就像来到天堂。闹了半天，田边先生是怕死啊。”

“你啊……说话不过脑子。”满雄想发火也没了力气。而且，对方的确戳到了他的痛处。他的确怕死，这是事实。

“翻翻历史，那些位高权重的人，哪个没让人搞过返老还童和长生不老的研究。想长生不老的又不是只有田边先生你一个人。”

满雄沉默下来，盯着伊良部。

“普通人可以中途退场逐渐淡出人们的视野，可当权者的人生谢幕之后只有死路一条，所以，他们对死都格外敏感。”

满雄重新在凳子上坐下来。看来，眼前这个人也不像天生的傻子。

“那我问你，假如我真的是怕死，那该怎么办？”

“那就隐退啊。反正你有的是钱，游山玩水不就得了？”

“又胡说八道了。我还有事要干呢。”

“有事要干？什么事？”

伊良部往咖啡里放了三块方糖，大口喝着。

“你似乎不太了解我啊。我可是日本新闻社的会长，每天东奔西走。”

“新闻上每天都在播放，说你要把职业棒球队改成一个联盟之类。”

“这都是些小事，充其量只是娱乐，也不会影响国计民生。可重要的是宪法修正。只要一直尊奉美国强加的宪法，日本就永远是联合国的二等公民。我总想改一改这个现状。”

“嗯，这种事我就不清楚了。”

“还有，当今的泉田内阁太不像话。尽管他靠作秀博得了一些人的支持，可政策全都是纸上谈兵。尤其在经济上，他完全就是个外行。让那些毫无实际经验的学者去当大臣。你说，他那个内阁给国家带来了多少损失——”

“总之，田边先生就是忧国忧民喽。”

伊良部喝光咖啡，然后专心地吃起点心来。

“喂，伊良部君，要是只忧国忧民的话，连街头那些平头百姓都会。可我跟一般人不一样啊，我有一千万的读者。如果我愿意，让一两个众议院议员落选也是很有可能的。也就是说，我有能力。有能力却不善加利用就是犯罪。更不用说我还是一个媒体人了。”

“哦，是这样。”

“‘哦’个屁，你以为我是干什么的？”

“锅男不愧是锅男啊……”

“莫名其妙。”满雄叹口气，喝了口咖啡。可是，自己怎么会跟这个怪人滔滔不绝地聊起来了？“算了，还是给我开点药吧，那种治什么恐慌症的药。”

“我只有上次的那种抗不安剂。”

“也行。还有，我每晚都在公寓前被人用闪光灯拍个不停，你有没有好的解决办法？”

“要不就戴副墨镜试试？或者，你干脆把门口弄得亮堂一点，让他们不打闪光灯也能拍到你，不就行了？”

伊良部往空中扔了粒花生米，巧妙地用嘴巴接住。“我这主意不错吧，呃呵呵。”他天真地笑了起来。

满雄不由得直摇头。面对着田边满雄这种大人物，眼前这家伙居然还能如此镇定自若，啧啧……

拿到药后，满雄离开了医院。他返回车里，戳了戳待命的木下。

“喂，你怎么能对一个庸医口无遮拦？”

“啊，那个，我觉得如果描述一下症状，伊良部医生也好给您治疗啊。”木下语无伦次地辩解。

“嗯，今天就先饶了你。”

满雄坐在后座上，望着外面的景色。人们似乎都在过平静的日子。

棺材？满雄喃喃自语。他也真敢说。自己平时连想都不敢想的事，就被他这么硬生生地塞到了眼前。

生死有命，这道理谁都懂。可是自己现在还不能去阎王那儿报到。作为发行量居全国第一的报社的会长，自己肩负着重要的使命。现在的日本，有太多太多需要改变的事情了。那些不争气的晚辈还难以担当大任。

车子在路口停了下来。因为有个老人正拄着拐，踉踉跄跄地过人行横道。他的年龄肯定跟自己差不多。满雄不想看到这一幕，便把视线移开。

说实话，他一辈子都不想隐退。如果所有人都不需要自己，自己肯定会一下子衰老很多，真不知道该如何度过没有日程安排的余生。

“喂，去一趟眼镜店。”满雄命令着司机，“然后，再去趟电器店。”

于是，车子像滑行一样平稳地钻进了东京的街头巷尾。

当天晚上，满雄在酒店结束酒会后回到家，记者们早就恭候多时了。他让提着照明灯和蓄电池的年轻秘书先下车，把灯光打到车后排的座位上，自己则趁机戴上墨镜。

满雄打开车门，在灯光的照耀下下了车。记者们很惊讶，不明白是怎么回事。

“怎么样？灯光很亮，这下就不需要闪光灯了吧？还不赶快谢谢我，啊哈哈。”

尽管闪光灯不闪了，可快门声却比往常响得更频繁，不绝于耳。

“老板，听说新山球员会长已经拟定了具体的罢赛方法和日程。”

“怎么又是这件事？新山君也得考虑一下球迷才行啊。罢赛后伤心的是谁？还不是球迷？”

“难道削减球队的数量，球迷就不悲伤了吗？”

“胡说。我并不是为了减少球队数量，而是想为大家打造一个高水平的棒球联赛。这才是对球迷的真正回报。你是哪家报社的？朝日？还是文春？反正你们只会诽谤人。喂，让让道。”

混乱中，满雄的脚被人踩了一下，而且还是被高跟鞋踩的，疼得他直咧嘴。

“喂，让你们让让道，难道你们耳朵聋吗？”

满雄不由得开始破口大骂。记者们反而趁机拉近相机镜头。

“一群傻子。难道你们是猴子吗？”

“你说我们是猴子？”一名记者把麦克风塞了过来。

“我说了又怎么样？”

“请您收回这句话。”

“少给我装蒜，你们就是个破猴园。”

满雄不由得抡起手杖。人群呼啦一散，正好把满雄变成了最佳拍摄对象，闪光灯此起彼伏，简直像一场摄影会。

又中了他们的蛊惑之计！明知道有鬼，却总是上当。这个由傻子主导舆论的世界真让人受不了。

3

满雄的言论越发成了老百姓热议的话题。他挥舞手杖的照片甚至登上了普通报纸的社会版。想把满雄塑造成恶人的敌对报社，则把他雪茄烟加墨镜的装扮视作绝佳素材。根据秘书们的报告，有的报纸甚至以“老板回家”为题，直接把他塑造成土匪的形象。

至于体育报，更是唯恐天下不乱。他们甚至还专门向犬山的猴园通风报信，大张旗鼓地强烈要求“为这个恶心的比喻谢罪”。真是无聊之极，懒得理他们。

由于担心影响销量，负责营销的干事前来委婉地提意见：

“会长，销售点那边马上要来索赔了……”

“混账。我说的又不是不对！你的意思是让我向那些诽谤的家伙们投降？就算不去迎合大众，最后胜利的也还是正义。”

满雄把对方训斥一顿轰了出去。不过，作为一名经营者，他还是做了一些补救措施。他安排促销更多巨能队比赛的票。《日本新闻》靠巨能队的人气提高销量，只要巨能队保持稳定，报纸就绝对没问题。

正因如此，满雄无法不关心职业棒球的衰败之势。既然太平洋联盟经营不善，那就由中央联盟将其吸收过来，把赚钱的巨能队的比赛分给他们，这绝对是上策。如此一来，统一联盟正好可以保持十支球队的规模。可社会上为什么连这么简单的道理都不明白，老是在忽略球迷这一点上纠缠，甚至连替代方案都不允许实行。

即使是号称球迷的那些家伙，也多半是一整年都不踏进球场半步的伪球迷，一点腰包都不掏，发言时倒挺会装模作样。

无论怎么看，自己都是正确的。绝不能向他们屈服，这也是为了球界好。

这天，满雄的老朋友——某公司的社长办了一场卸任酒会，满雄作为嘉宾被邀请出席。本以为这位老朋友要升任会长了，没想到竟被一家地方大学聘为了教授。

“一直以来承蒙田边先生的多方照顾。”这位前社长笑容满面地跟满雄打招呼，他的年龄才六十八岁。

“喂，你比我年轻十多岁呢，就这么风风光光地当上了乡下大学的教授？”

满雄半开玩笑地皱眉，倒着苦水。

“哪儿啊，说是大学，其实跟在山里没什么两样。说是可以随便使用空闲的田地，还能在河里钓鱼呢。”

“什么啊，这不跟退休一样吗？”

“是啊，就等于半退休。读读喜欢的书，听听古典乐唱片，跟佳……悠闲地过日子。”

“佳美”这个名字，他说了一半又咽了回去，大概是顾忌满雄的感受吧，因为满雄的妻子已经不在人世了。

“最起码，你也要帮着照看一下企业集团啊。”

“没事。我们公司有的是优秀人才。”话音未落，这位前社长就闭了嘴。大概是怕满雄误解吧，人家满雄可是当了十多年的老总。

酒会上还举行了一个简单的仪式，一名五十来岁的自民党议员手握麦克风，对这位前社长的卸任大加赞赏：

“想来山本先生也不是酗酒之人。清酒嘛顶多喝两合[1]，兑水威士忌顶多也就三杯。为人快人快语，从不拖泥带水。”

还真是跟自己大不一样，满雄自嘲地笑着想。毕竟自己嗜酒如命，一刻都离不开酒。

“政界从来都是当官的人独霸世界……哦，这话我只是在这儿偷偷地说说，有多少人在占着茅坑不拉屎啊。”

一番话引得大家哄堂大笑。满雄心头火起。不只是自己，光是眼前这些人，就有不少是年过古稀的企业高层。

“该放手时就放手，他们离开的背影是多么美好，在这一点上，山本先生完全就是标杆……”

言外之意，赖着不走的人是多么的丑陋。满雄决定敲打一下

---

① 日本容量单位，1 合为 1 升的十分之一。

这个议员。反正他只是跟着泉田首相的小兵，也不是什么正经的政治家。

后来，又有几个人相继讲话，最后由满雄来带头干杯。

“那个，我就是那个占着茅坑不拉屎的田边。”会场顿时沸腾起来。“社会上好像都想把我拉下来，既然这样，我就更要赖着不走了，哈哈哈。”

会场里响起零星的掌声。大家都在偷看满雄的脸色。

“想送我走的人，就等到我葬礼的时候再来吧。总之，让我们为山本君的田园生活干杯。”

满雄的一番话似乎被当作了冷笑话，并没有导致冷场。大家开始闲聊后，最先发言的那名议员立刻过来道歉，还擦着汗辩解说自己刚才的话并无他意。公司的新领导层也接连过来敬酒。满雄自然赚足了面子。

没有人不喜欢被别人吹捧的感觉，但与此同时，身心却极其痛苦。没有高度的使命感就浑身不自在。

“田边先生，晚上好椀子荞麦面[①]。”

听到这打趣的招呼声，满雄回头一看，原来是伊良部。他西装笔挺，连领带都是红色的。

“你还是那么厉害啊。”伊良部高兴地拍着他的肩膀。

---

①出自日本动漫《天才少爷》的主人公“御坊茶魔”的搞笑口头禅，椀子荞麦面是岩守县的特色碗面。

“你为什么在这儿？”满雄低声问道，脸上神情颇为不悦。

“我们医院是这家公司的指定医院，员工体检之类的都由我们来做。”

“那也应该是其他医生来做啊。”

“是啊，毕竟我是个精神科医生。不过我今天是替爸爸来的。”

都多大的人了，还用“爸爸”这个称呼。满雄又开始觉得恶心。

“怎么样？惊恐障碍好点了吗？”

“笨蛋，你能不能小点声？”满雄焦虑地望望四周，“你还有没有为患者保密的观念？”他厉色抗议。

“我听说精神病最好是公开，这样还能得到周围人的理解呢。”伊良部笑了，露出一口雪白的牙。他一把拉住正要从面前经过的经济团体联合会理事的袖子，指指满雄，故意大声说：“我跟你说，这个人有惊恐障碍症。”

满雄慌忙捂住伊良部的嘴，顺便又用手杖勾住伊良部的脖子。“别信他，伊良部君喜欢开玩笑。”

“呜呜呜……”大块头的伊良部挣扎起来。

“啊，原来是医师会伊良部先生的公子啊。”理事笑容满面，微微点点头。

“公子？分明是个傻儿子，哈哈哈。”满雄替伊良部回答道。

确认对方离开后，满雄这才放开伊良部。

“过分了啊，田边先生。”伊良部噘起嘴，不满地说。

“你说，我干吗非要跟你说这种漫才[1]。”满雄吊起眉梢。自己居然跟这么一个傻瓜搀和到了一起，真是丢死人了。

“对了，外面还有一大群媒体呢。都是等你的吗？”

“哼，反正球员会都已经决定罢赛了。我非用社论来抨击不可。”

今天是跟球队的最后一个谈判日，事前早就有风声说，两者最终会决裂。

“又要面临闪光灯风暴了吧。”

听伊良部这么一说，满雄忽然不安起来。万一在这里瘫倒，正好给他们留下话柄。虽然墨镜是带来了，可要面对一大片此起彼伏的闪光灯，他心里还真没底。

“要不就从后门溜走？”

“开什么国际玩笑？我凭什么要偷偷溜走？这样才正中那些家伙的下怀，不给我一个‘临阵逃脱’的罪名才怪。”

“真顽固。”伊良部把眉头拧成了一个“八”字，“那就让酒店给你准备一把轮椅？这样，你只要戴上墨镜闭上眼就行了。”

“不行不行。那样他们肯定又会炒作我的健康问题。到了我这种岁数，最头疼的就是这一点了。”

“那就让人背你。我来背也行。”

“结果也一样。”

---

①日本曲艺之一，类似中国的对口相声。

“那就玩骑马，这样还能有大将风度呢。”

满雄盯着伊良部。这人到底是从哪儿想出这些鬼点子来的？

“否则半路上头晕走不动，可就更糟了。”

言之有理。自己接下来还有其他日程安排呢。

大概是有些自暴自弃了，满雄最后竟勉强答应下来。被当成全民公敌后，他甚至都有些破罐子破摔了。

马儿是由两名秘书和伊良部来担任的。干劲十足的伊良部第一个出马。满雄戴上墨镜骑到了他这匹“马”上。参会人员不知发生了什么事，都诧异地看着他们。

管他呢，爱怎么议论怎么议论，懒得跟他们解释。

满雄让门童开了门，来到前厅。等候的记者们回过头来，全都目瞪口呆。

“闪开闪开。这下连麦克风都够不着了吧。”满雄不断挥舞着手杖，“这叫自我防卫，看你们谁敢挡我的去路，哇哈哈。”

满雄不由得大笑起来。眼前的光景完全超出了想象，那些三流记者们越发傻眼了。

只不过由于闪光灯比平时多得多，满雄还是忽然难受起来。急忙闭上眼也不管用，眼皮里面仍是一片雪白。他想伸伸腰，身体却失去了平衡。

秘书发现情形不对，搀扶着他的后背，他这才终于挪到了车子前面。被塞进车后座的时候，他全身都在发抖。车子甩开媒体，绝尘而去。

“来，吃药。正好有瓶水。”伊良部把一粒药丸塞进他嘴里。满雄含混不清地说了句“抱歉”。说不定伊良部还是个好医生。

“我也能上明天的体育报了。我得去便利店买一份。”

伊良部一个人闹腾着。满雄本想说点什么，却痛苦得说不出话来。自己今后该怎么办呢？

赛季的最后阶段，职业棒球球员会终于实施了罢赛，满雄越发成了众矢之的，甚至成了全民公敌。所有媒体都在疯狂地批判满雄，把他塑造成了万恶之源。有一家体育报甚至还不知廉耻，竟把满雄的骑马照装进镜框销售。如果起诉对方，满雄肯定又会登上头条新闻。

只有《日本新闻》刊登了谴责球员会的报道，可效果完全是杯水车薪，甚至连报纸销量都下跌了。满雄急忙召集销售人员开会，但销售负责人全都一筹莫展。

这完全就是“集体发疯”啊，满雄想。这世界上没有一个人是冷静的。

球员们明明都罢赛了，却赖在宿舍里不走，还厚着脸皮使用球队的训练场地。总之，这完全是一群衣着光鲜开着奔驰的孩子在胡闹，一点自知之明都没有。如果没有职业棒球，他们充其量只是一帮城里的小混混。

“有什么办法呢，从高中时期起，他们就被惯坏了。”

伊良部安慰着他。奇怪的是，满雄仍时不时来医院，因为他没有别人可以聊天。

“站着说话不腰疼，敢情自己不用掏腰包啊。有本事自己当老板给我看看，先给替补球员发上几千万，看他还敢不敢胡说八道。”

“算了算了，不然血压又要升高了。”

满雄喝了口护士泡的咖啡。由于在银座的俱乐部摸惯了，他的手不由得伸向护士的屁股，结果被对方用盘子狠狠地敲了一顿。这护士也太过分了。

“对了，我的惊恐障碍症最近又加剧了。”满雄弓着背说道，“打上一周起，我又害怕起晚霞来了。望着天空逐渐黯淡下去，我就会莫名其妙地心惊肉跳，坐立不宁。”

“嗯，是加重了。要不你去一趟南极？现在这季节，那儿全都是白夜，太阳不会落山的。”伊良部摸着下巴说。

“嗯，有道理。夏天呢，就反过来去冰岛一带。”

“对对。”

“开什么玩笑。我跟你说过多少遍了，我是不会陪你说漫才的。”满雄皱起鼻子，瞪着伊良部。

“那你退休不就得了？然后等着上天堂，到时候就不怕死了。”

“你小子又满嘴胡说八道。我还不能退休，还有事要干呢。”

“是吗？”

"是呀。而且，被人遗忘后的葬礼可是很凄凉的。"

"嘿，你连这种事都想过啊。"

满雄叹了口气，平静地说：

"我以前有个老朋友，原先是个政治家，去世了。凄惨的是，那些曾受他照顾的金融界人士和议员只派秘书参加葬礼。人啊，退休没几年就会自动被人遗忘。我可受不了这个。人的真面目只有在这种时候才能看清。"

伊良部探出身子。"明白了。田边先生，原来你是怕寂寞啊。"

满雄苦笑了一下，他真想说出自己的心里话：对，没错，我是怕孤单。就算遭人憎恨，我也希望每天过得热热闹闹的，每天被人簇拥，否则就没有活着的感觉，尤其是在老伴去世之后……不过，他还是把这些话咽了下去。

"你连一个七十八岁的老头都不放过，你肯定不寂寞。"

"要不，你索性就办个活人葬礼。看看都有谁会参加，这样还能知道他们能包多少奠仪呢。"

满雄大声笑了。"活人葬礼？好！媒体肯定喜欢。"

"把那个日本武道馆什么的包下来做场地。按现在的情况，即使收费，客人也会纷至沓来。"

"我说伊良部君，我说过多少遍了，不跟你说漫才。"

满雄喝光咖啡，站起身来。聊聊天之后，他觉得身体轻松了不少。他已经彻底上瘾了，喜欢跟伊良部一起打发时间。

“田边先生，你忘记打针了。”

“啊……是啊。”他已经对伊良部言听计从。毕竟护士真由美的体香还是很诱人的。

4

球员会的罢赛只在周六和周日举行了两天，很不合常规。对方分明是胆怯了，不敢全体罢赛来对付他，不过这种做法倒蛮符合日本人的风格。如今，有球迷做后盾的球员会会长已然成了国民英雄，而满雄则被描绘成了罪恶的发源地。

职业棒球的统一联盟制改革眼看要受挫，因为有些爱出风头的 IT 富翁开始出头收购球员，他们也受到了球迷的热捧。

太平洋联盟经营亏损的现状丝毫没有得到解决。尽管如此，社会上仍以为结局很圆满。满雄再次觉得大众完全是有眼无珠。尽管没有一个人能在鄙视大众的情况下获得成功……

可一个更新的问题却落到了满雄的头上。球探给大学的潜力球员送小费的事情竟遭到了媒体的热炒。

以前，周刊杂志采访时也曾触及这个问题，当时满雄并未留意。根据秘书的报告，这种现象一直都有，每个球队都这么做，已经成了球界的潜规则。可如今又被倒腾出来，这分明是趁人之危。

"你这个傻子，不是说别人都在做，我们就得跟着学。"

满雄把球队队长叫来，狠狠地训斥了一顿。

"巨能队可是人人都想进的球队。你们还要不要脸？"

"抱歉。不过，最近的年轻人未必都觉得咱们巨能队好……"

球队队长一边痛苦地辩白，一边擦着汗水。

"是吗？"

"是。有很多年轻人担心在巨能队无法成为正式球员……"

"真是些胸无大志的废物。这个国家完了。"

满雄命令木下联系同样因小费问题被媒体曝光的其他球队老板，问他们是如何善后处理的。

"田边先生，真抱歉。"电话那头的老板突然道起歉来，"昨天，我们总公司召开了董事会，我已经从球队的管理层退下来了。"

"什么？"满雄不由得叫起来，"退下来？你不是创始人之一吗？用得着这么在意别人？"

"唉，总公司这边的业绩一直不佳，银行那边甚至要求我们卖掉球队。都惨到这一步了，我们顾头就顾不了尾，只能专心经营主业务了。"

这个老板是纨绔子弟。看来，战后出生的这批人没一个有骨气的。

"明白了。你一个人撑了这么长时间，也够辛苦的。"

满雄强忍着悲愤挂断了电话。事情麻烦了。这个老板一辞职，舆论就会宣扬他是引咎辞职，如此一来，要求满雄下台的声音肯定会随之高涨。

正在这时，木下一脸愁容地进来了。

“会长，有个不太好的消息……”

“真的是‘不太好’吗？如果是‘很不好’的话，我现在就把你腌成咸菜。”

“那就是‘很不好’。大阪美洲虎队的老板宣布辞职了。”

美洲虎和巨能是关西最受欢迎的两支实力球队。美洲虎队也承认了给潜力球员送钱的事。

“哈哈哈。”满雄发出一阵干笑。事情太荒唐了，只能让他发笑。揪住一个微不足道的污点不放，拼上性命也要把权力者拉下马，这便是“群愚社会”。这帮人看问题从来都是一刀切，不是黑就是白，根本不懂得兼容并蓄。

这个国家是越来越幼稚了。满雄等人已经是当年建设国家的最后一批人。那些战后出生的人连饥饿的滋味都不知道，他们太天真，绝不能把国家交给他们。

“公司前面聚集了一大群媒体。这后面的酒会怎么办？”木下战战兢兢地问。

“还用说吗？按原计划来。”满雄厉声呵斥。

“那，从地下停车场出去？”

“混账，难道狮子见了猴子，还得夹起尾巴走路？从正门出去。骑马出行！”

“那个……对于这种做法，公司内也有很大的意见……”

“闭嘴。你们以为我是谁？我是日本新闻的会长，东京巨能队的老板。我谁都不怕。”

满雄的怒火不由得往上冲。一个个全怕担责任，全都是废物。拜金、没出息、看别人脸色吃饭。我满雄可跟他们不一样。我是在战后的废墟上誓言重建国家的好男儿。我的灵魂就是“大和魂”。

满雄在门厅里让年轻秘书蹲下来当马，自己跨了上去，挥起手杖。“喂，闪开，都给我闪开。拿个破笔和破相机就想战胜我？没门！想逼我辞职？除非你们用导弹！”他昂首挺胸，嗓门比往常都大。

记者们立刻紧张起来，挡住去路，闪光灯不停地闪。

“老板，其他球队都换管理层了。”

“老板，您有没有辞职的打算？”

“闪开闪开。我跟你们没话说。哇哈哈。”

“这个‘锅男’，是不是疯得越来越厉害了？”人群中甚至冒出这种声音。

管他呢，你们爱怎么写，就怎么写。

由于到车子的距离很短，满雄总算没出现恐慌状态。他坐在后车座上，调整着呼吸。可是，呼吸却很不顺畅，仿佛车内的空气很稀薄。

“喂，打开车窗。”他命令木下。

“各家报社的摩托和汽车会追过来的。”

“不管他们。总之给我打开。”

他从车窗探出身子，像缺氧的金鱼一样呼吸着空气。忽然，一道闪光灯从一辆并行的旅行车里亮起来，原来是某报社的摄影记者追了上来。这群猴子！无奈之下，他只好关上车窗。

“喂，能不能打开车顶？”

“这辆车没有天窗。”

“这车顶也太低了吧。”

“不，这可是您一直乘坐的车子——会长专车啊。”

既然如此，这种压迫感到底是怎么回事？还有黑暗。外面已经逐渐到了黄昏时分。满雄让人打开灯，可不安仍在内心深处蔓延开来。

他忽然想起伊良部口中的“棺材”，顿时觉得车顶和左右两边的车门压迫过来。

“呜哇哇哇哇！”满雄大声喊叫，接着浑身发抖。

“会长，您怎么了？”

满雄没空回答，蹲了下来。

“距离酒店还有五分钟车程，您坚持一下。”

满雄咬着牙，强忍着惊恐障碍症的发作。这都是什么事啊！如此一来，自己连车都坐不了。难道都不能自由外出了？

一到酒店，满雄就被抬进了休息室。老板娘吓了一跳，不知是怎么回事。躺在榻榻米上等待身体恢复的时候，他命令木下准备一辆大型观光巴士。他觉得，只要车内的空间大了，肯定就没问题。虽然这样会让媒体再次兴奋起来，可他已经管不了这么多，否则连家都回不去了。

可是这个要求太突然，木下无法当天就安排，所有地方都拒绝了他的请求。

“会长，要不就再用骑马的方式送您回家？”木下也显出一副筋疲力尽的样子。

“领着媒体跑？哈哈哈，好主意。”满雄也有气无力。

抱着一种死马当活马医的念头，他给伊良部打了电话。哪怕吃药打针，把症状减轻一半也行啊。

听他说明情况后，伊良部轻轻松松地说：“小菜一碟，弄个敞篷车就行了。”

“我们家有一部宾利的带篷车。爸爸这一周要在澳大利亚陪客人打高尔夫，车子可以随便用。要不我直接开车去接你？”

“大夫——”满雄呼唤着。这大概就是所谓的绝处逢生吧。事到如今，他已经把伊良部当成了自己的精神安定剂。

两小时后，满雄结束了跟财政界人士的聚会，再次让秘书们在门口蹲下来当马。他戴上墨镜，跨到马上。企业的高层们全都目瞪口呆。

“呀，早就听说……”有人惊讶得连话都说不出来。

“哦，好想学学田边会长啊。”有人开着玩笑。

“喂，那就干脆学起来啊。大家一起来鄙视那些三流媒体。”

满雄已经自暴自弃。舆论肯定会用特大号的标题说“锅男最近怪行频出”。管他们呢，我每天都在战斗。

一出门，媒体一齐亮起闪光灯。满雄的意识逐渐模糊起来。在模糊的视野中，他发现一辆白色的敞篷车正打开车篷停在眼前。伊良部在驾驶席上向他挥手。满雄被手下扛过去，没开车门就把他从上面扔到车里。伊良部脚踩油门，立刻发动了车子。

“田边先生，没事吧？要不要吃点药？”

“没事，好歹挺过来了。”

“后面有好多人追了上来。”

“无非是图新鲜呗。他们也不是专门有问题要问，只是把追赶当成了目的。”

驶上大路后，一辆大型轿车紧贴着跟了过来。接着，轿车后车座的车窗忽然打开，一个相机镜头露了出来。伊良部往旁边一探身，微笑着做了个胜利的手势。

“你在干什么呢？”

“肯定还会上新闻的。”

满雄觉得四肢无力。这个人在瞎想些什么呢？

追上来的车越来越多，包抄在敞篷车的后面和左右两边。路上明明还有其他车辆在行驶，可一些记者仍在疯狂地拍摄。

“真刺眼。”伊良部只好不时抬手遮挡强光，每一次都害得车子左右摇摆。

“你们还有完没完啊！”满雄大声地斥责媒体。

“好吧，休怪把老子惹毛了！”伊良部一打方向盘，朝打闪光灯的车子贴了上去。受惊的黑色轿车吱呀一声在沥青路上横向漂移，紧接着“砰”的一声，被后面的车子撞了个正着。

“喂，你干什么？”满雄吓得屁股都翘了起来，“你这样会出人命的。”

“他们自作自受。责任全在他们自己。”

“可就算是——”

“没事、没事，他们肯定都入保险了。”

伊良部不为所动。又有几辆车并过来的时候，他猛踩一脚油门，巨大的宾利车一声怒吼，呼啸着把其他车子甩在了后面。

“呼呼呼，我这是四百马力的涡轮发动机，你们有本事就跟过来啊。”

“喂，有没有搞错？你只要把我送到家就行了。”满雄紧紧抓着副驾上的抓手。

“还敢跟啊。那好，老子就跟你们玩玩。”伊良部两眼放光地说。

“笨蛋，别玩了，你给我停下。”

可伊良部偏偏把车子驶进了首都高速，一口气加满了速度。“呀吼”——他甚至还发出怪叫。天底下居然还有这种傻子。满雄把脚踩在仪表板上，没命地蹬着，头发随风狂舞。他活到七十八岁，还是头一回碰上这种事。

车子在高速路上疾驶。细微地变换车道都会让车体左右摆动。发动机的声音敲打着鼓膜。

大都会的夜景以三百六十度的方式立体地展现在眼前，高耸的楼宇鳞次栉比，数以万计的灯光包裹着天空，有如一部科幻大片。如此美景，在满雄的眼里却是十分陌生。流光溢彩的霓虹灯、车流的红色尾灯、靓丽的彩虹大桥……东京每晚都上演着光的盛宴。

满雄忽然回过神来。这不就是未来吗？这不就是自己从前想象的科学都市吗？

满雄十九岁的时候，战争结束了。当时的东京被烧成了一片废墟，一无所有。每到晚上，造访这片土地的只有无情的黑暗。身为一高学生的满雄立志要在这里建起一座新的城市。他心里燃起了一个宏伟的愿望：我这代人一定要把国家建设好。之所以当新闻记者，也是想投入到社会的建设中。自那以来，他一直致力于揭露政治家的贪污腐化，帮助弱者，为国家做贡献，努力把日本建设成世界一流的国家。

就在绚烂的光影穿越视野的过程中，往昔的岁月也像走马灯一样在脑海里复苏。

当池田勇人提出收入倍增计划时，满雄在首相官邸里一面做笔记一面抑制不住兴奋；东京申奥成功的时候，他与为申奥四处奔走的议员们举杯同庆；当高速公路建成的时候、当新干线开通的时候，他就像自己成功一样高兴得忘乎所以。满雄自己也建了房子。就连普通老百姓都拥有了自己的家。面对田中角荣的日本列岛改造论，他惊讶的同时，也在心底默默地支持。后来，全日本都通了公路。一座座大桥矗立起来。当高楼大厦开始在新宿拔地而起的时候，他仰望着一座座高耸的钢架，心里无比自豪。这一刻，他确信日本克服了战败的萧条，真正获得了重生。

然而，曾几何时，那种建设国家的昂扬斗志不见了。昭和时代结束后，甚至连“战后”一词都在日本消失了。现代社会已经超越了过去的想象。曾被烧得只剩一片废墟的东京拥有了世界屈指可数的摩天大楼。国民变得富裕，饮食水平提高，人们的穿戴也走在了潮流前沿。他们已不再觉得和平珍贵。身处太平年代，虽然战争的记忆还在，可对每日的和平已然没有了感恩之心。

“怎么回事，田边先生？您怎么变安静了？”伊良部在驾驶席上问。

“啊，没什么。东京也变了。”

“好奇怪啊。每天住在这座城市里，居然都没有发现。”

“你以为住在这儿就能赶上潮流吗？社会的发展就好像发育期拼命长个儿的孩子，你的眼睛稍微离开一会儿，马上就认不出来了。”

“已经是二十一世纪了。十年真是弹指一挥间啊。”

满雄再次凝望着五彩绚烂的城市。是吗？都二十一世纪了？自己压根就没意识到这一点。原来，年轻时梦想的未来早就实现了。

“时代变了。”

的确，完全变了。老一辈人的舞台早已变成了过去的东西。这座城市也一样，到处充满了与战后截然不同的新能量。一切都更新换代了。我明白了，终于明白了……

一阵警车的警笛声从后面传来。

“啊，我们做得是不是有点过火了，开得太招摇了。”

“好了，下到普通的道路上吧。”

“可媒体还会追过来的。”

“算了，我已经累了。”

满雄的心情已经平静下来。他心甘情愿地想为一切画上句号。

灯火通明的东京塔出现在眼前。这座作为地标性建筑的铁塔已经被高楼包围，完全与周围融为一体。时代真是变了。

第二天，他时隔许久打开各家的报纸。尤其是体育报，已经有五六年没看过了。他并非不关心新闻，而是一直在逃避，因为害怕自己的照片会突然映入眼帘。

作为一个说话向来口无遮拦的恶人，“锅男”已经让各大报纸热炒了十年以上。满雄从一开始就十分讨厌这种事。没有人在年过六十后还喜欢被人拍照。就算是看着年轻，同过去的自己相比，也无法否定容颜的衰老。人们喜欢永远活在年轻时的影子里，讨厌被捅破现实。

“锅男暴走首都高速！”

满雄叹口气。追赶自己的那些人难道不是这样吗？

“锅男疯了，公路上玩赛车！”

黄色新闻的记者让他恨得牙根都痒痒。

伊良部做胜利手势那一瞬间也登在了报上。真是个怪人。当然，昨晚他也让警察训斥了一顿，十分沮丧。

满雄最终把视线投向了自己的照片，这次他没有逃避，久久地正视着照片。五秒、十秒，他连上面的每个细节都没有漏掉。一般报纸上登的照片也都看了。还有一张是他昂首挺胸的抓拍——随你们便，爱拍就拍！

五秒、十秒……看着看着，他的脸发烫，想找个老鼠洞钻进去。

哼，老了还丢人现眼。他口中喃喃着。

够了，不想再看第二次。

他气呼呼地把报纸揉成一团，扔到角落，用对讲机叫来木下。

“喂，我要开个记者招待会，你赶紧去准备一下。下午就开。我今天要辞去所有职务。日本新闻也不干了，东京巨能也不干了，一切都不干了。”

木下脸色铁青，呆立在原地。“会长，怎么突然……要是不干，也得得到董事会的认可啊。”

“闭嘴。我已经决定了。你也辛苦了。”满雄紧紧靠在椅子上，看着木下。从自己干社长的时候起，木下就跟着自己，已经跟了十五年。“谢谢你一直忍受我的颐指气使。”

“会长……”白发斑斑、已步入中年的秘书室室长哽咽了。

这样就能闭幕了，剩下的就是等着上天堂。

自己该不会下地狱吧——满雄自问着，独自苦笑了一下。

超过三百人的媒体人士参加了这场宣布田边辞职的记者招待会。为了防止闪光灯让自己陷入恐慌，满雄把伊良部也叫来了，不过，他的担心完全是多余的。他很平静。一定是被伊良部说中了，他已经看开了，什么时候死都无所谓。

记者的提问全都很卑鄙，净是些“表面上要辞职，背后是不是仍想做太上皇”之类的提问。

“球队经营那边，我不再插手任何事务。公司那边，我只做个空头的顾问，也会抛售大半个人的股票。简而言之就是隐退，我什么都不管了。”

“如果下一任老板向您请教的话，您给不给建议？”

“我所说的顾问指的是总公司的，而且是个空头衔。我已经说过，不再插手巨能队的事。”

“如果最高负责人或联盟会长请您出面的话，您出不出头？”一名纠缠不休的记者仍咬住不放。

“我又不是老板了，他们怎么会请我出面？”

“我说的是如果。”

“你这人也太多疑了吧。我肯定会远离现场的。你们当我死了就是。啊，对了，证据就是我要办一场活人葬礼。你们也都来看看。这下你该满意了吧？只不过，来的时候别忘了带奠仪哦。”

满雄顺势把这件事也说了出来。记者一片哗然，讲台两侧的公司的人也目瞪口呆。伊良部使劲打了个哈欠。

“你好像痊愈了啊。”记者招待会结束后，伊良部慢吞吞地说道。

大不了钻进棺材里给他们看。这样就再也没有害怕的东西了。

满雄的活人葬礼招来了三千多名参加者和近五百位媒体人士。这还是精简后的数字。希望参加的人源源不断，甚至还有电视台申请独家转播。

殡仪馆以没有先例为由拒绝了满雄的申请，最终，活人葬礼是在东京国际会议中心的大厅举行的。至于场地的布置，祭坛设在了舞台上，棺材的一旁放沙发，一身白衣的满雄坐在上面默默地看着。由于伊良部是此事的提议者，所以也当了主办方的一员。

“喂，伊良部君，把真由美也叫来。”

“OK。”

护士穿着超短的黑色连衣裙出席了葬礼。

那位曾在报纸上被他贬得体无完肤的泉田首相居然也到场了，这让满雄很惊讶。看来是个会开玩笑的人。他难得来一趟，满雄急忙请他致悼辞。

“田边先生，你一直都讨厌我。人没道理会喜欢上讨厌自己的人，所以我跟你一样，也讨厌你。”

会场里顿时一阵哄笑。满雄也在台上晃晃肩膀。

“不过，一旦失去田边满雄这个人物，我还是倍感失落。不止是我，我想整个社会都很失落。这正如火山突然从日本列岛消失，岛屿一下子沉没到水中一样，大家的心里会空落落的。或许，所谓的杰出人物早就不知不觉地活在了人们心中。”

不错，有口才。大家全都默默地听着。

“跟田边先生第一次见面，是我第一年做议员的时候。当时田边先生已经是日本新闻的政治部长，他眼神和蔼可亲，对懵懂无知的我说道：‘喂，泉田君，作为一名政治家，只有受记者的待见才会有出息。记者来采访你，你就送他们点礼物，随便制造一点话题就行。反正只要让人觉得有你在身边，他们能听到有趣的故事就行，这样一来，大家自然会聚集到你身边。无聊的人肯定是不行的，哪怕是德高望重也不行。所以，哪怕你胡说八道点东西也没关系。有恶名也比没有名气强。政治家要有奉献精神。’我现在越来越强烈地感受到，在这一点上，田边先生完全是奉献精神的化身。虽然进入晚年之后，作为东京巨能队的老板，你也有不少荒唐的发言，可是记者们不是都被逗得很高兴吗？田边先生，你绝对是个喜欢逗人开心的人。你肯定喜欢看别人的笑脸。田边先生是个可爱的人，是个独一无二的极富魅力的人。如果真有来世的话，我倒真希望能跟先生再次相会，摒弃立场上的差异，与先生推心置腹地聊聊政治。我想说，我真心期待着这一天的到来，让我们再度相会。”

热烈的掌声从会场里响起，甚至还有人站起来鼓掌。泉田再次朝满雄转过身来，滑稽地行了个礼。

满雄板着脸，不住地挠着头。

讨厌的家伙——不过，他的内心却忽然轻松下来。到底有多少年没品味过这种畅快的感觉了？

进香和献花持续了好几个小时。大家久久不愿离去。

晚上，给秘书们开完犒赏会后，满雄返回自己的住处。门口早有一大群记者恭候多时。

“你们怎么回事？我都说过了，权当我死了就是。”满雄一下车就强硬地说，“否则我干吗还要搞这么一场活人葬礼。”借着酒劲，他挥着手杖。

可是，今天的情况却跟往常有点不一样。记者们仍保持着距离，可手里既没拿麦克风也没拿笔记本。如此说来，他们连闪光灯都没有开。

“那个……”一名年轻的记者扭扭捏捏地搭讪，“或许，对您来说是一种打扰，就是……您能不能继续跟我们说说话什么的，哪怕是一个月一两次也行。”

“啊？让我说什么？”

“什么都无所谓，政治话题也行，职业棒球也无所谓。”

“瞎说。我再也不会发表评论了。”

“不，这些全都不公开。我保证。我们几个年轻的记者办了一个跨行业的学习会，想请田边先生给我们做讲师……”

满雄定睛一看，果然，眼前站着的都是二三十岁的年轻人。其中还夹杂着几个年纪可以当他孙辈的女孩。

“说得好听。”满雄瞪着眼睛，故意吓唬他们。

“拜托您了。说到跟政治家有私交，而且连他们的私生活都采访过的人，或许田边先生已经是最后一代了。”

“我们就是想了解一些报社的掌故啦，采访的轶闻啦。”

记者们七嘴八舌，全都低头央求。

“有消息说，电视台的人也盯上田边先生了，于是我们就匆匆来了。这叫先下手为强。”

一名女记者调皮地说。

满雄抽了抽鼻子。哼，说得挺好听。在现在的年轻人当中，说不定这已经算是懂礼数的了。

“好吧，站着说话不方便，都到屋里来吧。我家里有很多别人送的洋酒，我一个人也喝不完，今天就请你们尝尝。反正凭你们那点工资是绝对喝不到的。”

满雄低声说道。记者们眼睛顿时亮了起来。有人小声欢呼，还有人跳了起来。

满雄把年轻人领进门。啧啧，看来还是没法消停啊。尽管嘴上在喃喃自语，可他脸上的表情却不知不觉放松下来。

超人

1

安保贵明乘着出租车来到举行签售会的大型书店前，看见等待签名的年轻人都排到了入口外，他不由得在后座上窃笑了一下。书店的窗户上贴着大大的海报，上面的文字格外醒目——

本日签售会，邀请《赚钱有错吗!》的著者安保贵明先生莅临本店。

“要不要绕到后门去？”秘书建议道。“这儿有什么不行的？”贵明反问了一句，然后让司机打开车门。一下车，排队的年轻人就立刻发现了贵明，顿时一片欢呼。与此同时，“啊啊”的刺耳尖叫也响彻四周。

路人们纷纷诧异地回过头来，可是，这群大学生却毫不在意，仍在我行我素地喊着：“喂，面包超人！”安保从小就是个小胖墩儿，上学的时候他就被人取了个“面包超人”的绰号。[①] 他曾经很讨厌这个外号，但现在已经不在意了，干脆把它当成自己的商标。

有几个人跑过来想和他握手。他慷慨地笑着回应。慌乱的书店人员忙着疏导人群，一个貌似店长的男人也在不停地搓手。

“安保先生，我们已经在楼上为您准备好一间休息室……”

“没事，不用浪费时间。我们马上开始吧。”

“排队的号全发完了，有二百多人……”

“没事、没事。一个人十五秒的话，二百个人三千秒就能搞定。也就五十分钟的事。中途肯定还有一些想拍照留念的，估计得有十来个人吧。每人三十秒的话，也就五分钟。这样一共是五十五分钟。咱们的原计划是一小时，所以剩下的五分钟还能喝上一杯冰咖啡呢。”

贵明从容地回答着，被工作人员领到签售现场。他在一楼售书区里侧的一张桌子前坐下，抬头一看，热情高涨的年轻人早就在眼前排起了长队。

这大概就是电视的威力吧。他不禁在心中喃喃自语。

一年前，认识贵明的仅限于那些跟他有工作往来的人。就算是赚到上亿日元的钱，由于年纪太轻，外加不打领带的随意打扮，他经常受到轻视。

---

① “安保”和“面包超人”的发音相似。

可如今，只要他往大街上一走，就没有人不回头看。走进饭馆，他立刻被奉为座上宾。倘若写书，瞬间就会变成畅销书。

“下面，LIVE FAST 社长安保贵明先生的《赚钱有错吗！》一书的签售会正式开始！”

书店人员大声地宣布。掌声沸腾，连普通的顾客都想凑过来瞧一眼。在今天的日本，恐怕没一个人不对贵明感兴趣。

他已经习惯了被人围观，心里还略微有一点快感。不，“一点”并不是实话，他其实是“颇有快感”的。

贵明现年三十二岁，还在东京大学上学的时候，就创立了一家负责网页制作和维护的公司。他是文学部的学生，却对电脑很擅长，也很有经商头脑。在公寓的一个小房间里创建的公司像气球一样迅猛发展，滚滚而来的利润让他自己都难以置信。他相信自己成功了，可没想到会如此成功。经过一番分析，他得出了结论：自己的成功主要在于周围人的笨拙，天上掉下因特网这样一个万宝槌，可惜太多的人有眼无珠，错失了好机会。于是，贵明的目标越发明确：趁大家都没明白过来的时候，自己要大力赚钱。

LIVE FAST 经过数次企业兼并后，发展势头更为强劲，再加上早期上市的助力，他的公司不仅在 IT 业界，甚至在整个商业圈都成了万众瞩目的大企业。总公司搬到了麻布刚落成不久的最新潮的摩天大楼，他的住所也变成了万人憧憬的麻布 HILLS 房租两百万日元的房子。作为创业公司的旗手，他甚至登上了商务杂志的封面。贵明的企业家生涯真可谓一帆风顺。

可是，去年收购职业棒球队的事件却让顺风变成了一场飓风。贵明的公司主动向试图削减球队数量的老板们提出收购意向，他一跃成为职业棒球界年轻的救世主，受到了社会舆论的广泛关注。他连日登上媒体，连小孩子都知道了他“面包超人”的绰号。尤其还被外号“锅男”的大名鼎鼎的老板视为敌人，让他的知名度陡然蹿升。记者们排着长队找他咨询。许多企业都来向他请教赚钱的门路。就像不断翻转的奥赛罗棋的棋子一样，世上的景色为之一变。一夜成名真的这么爽快吗？他不由得忘乎所以。

由于招致了球队老板的厌恶，他向职业棒球界的进军以失败告终，但作为一名超级天才经营者，他却赚足了名声，最近又因收购广播电台股票一事连日登上新闻。虽然也有人讨厌他，可这个社会从来都是备受关注的人的天下。

贵明天生就爱出风头，喜欢用一些爆炸性言论引发热议，他很讨厌那些不能理性思考问题的傻瓜。

他在著作扉页上签的字龙飞凤舞。从上小学起，他就开始练签名了，因为他坚信这一天迟早会到来。

“麻烦一下，请帮我写句话吧。”一位年轻女孩要求道。他抬头一看，是一位打扮俗气的白领。

“写什么？”

“随便什么都行。”

“你这么说我很难办。你说一句我写。我的时间很宝贵。”

贵明冷淡地回答着，因为他本能地反感浪费时间。

“那，就写句‘一期一会’吧。”

“好的好的。”

他按照对方的要求，正要写下这句话的时候，握笔的手却忽然停了下来。

“喂，‘一期一会’的字是怎么写来着？”他朝站在一旁的秘书美由纪问。他一直用打字机，已经有十多年没怎么动笔写过字了，每次都会有汉字想不起来。

“一、期、一、会。”美由纪用奇怪的方式回答他。

“喂，你写到手心里。”贵明命令着，让秘书写到手心给他看。

“啊，这样啊，是这样写。”看到字后，他立刻想了起来。

接着，一名褐色头发的女高中生坐到了面前。“嗯，我的嘛，就请写句‘致小舞’吧。”

“用什么字？”

“平假名就行。”

贵明握着笔正要写的时候，大脑里忽然一片空白。“小舞”的平假名“ま”是怎么写的来着？他的身子当场就僵住了。

“社长，怎么了？”美由纪担心地瞧着他。

“舞的平假名是怎么写的来着？”

大概以为他开玩笑，女高中生咯咯地笑起来。脸色苍白的美由纪把“致小舞”的平假名写在手心里给他看。啊，是这样写？

贵明一面写着粉丝的名字，一面品味着一种莫名的空白感。他只觉得大脑的一部分麻痹了，里面空荡荡的。

“不好意思，请让安保先生只签名字。”美由纪向书店人员提出要求。这句话又被工作人员传达给了排队的人们。

剩下的就是机械地签自己的名字了，签那个谁都认不出来的、一堆烂草般的签名。

他终于集中注意力，比原计划提前了十五分钟完成任务。

返回公司的车子里，美由纪下定决心说道：

“社长，您还是去医院看一下吧。”

“你怎么又提起这件事来了？我说过了，我什么病都没有。”

贵明笑着摆摆手，因为美由纪从上月起就屡屡劝他去看医生。

“可今天又犯了啊，连平假名都想不起来了。”

“偶然现象，一看就立刻想起来了。”

“忘记平假名这事就很奇怪。上次研讨会上台的时候，您不是连最简单的问候语‘大家好’都不会了吗？您只说了一句‘呃’就沉默了。我一看，您正冒冷汗呢。”

“一时想不起来，这种事谁都有，不是吗？”

贵明微微一笑想糊弄过去，可美由纪仍用可怕的表情盯着他。

“那也通常是忘了某些人名或固有名词。你说说看，指着茶碗却说‘这叫什么来着’，嘴里嚼着口香糖却在问‘我现在吃的什么’，这到底算什么啊。虽然我这样说有点失礼，但您最近的表现的确有点怪怪的。”

“不过，这又不影响工作，也不是不会计算之类的，不会造成大问题。”

“光是忘记平假名这一点就很严重了。”

“我只是不想浪费时间。”

“总之，请您找医生看一下。否则，所有电视的出镜都要取消。”

“哎，没这么严重吧。”

贵明像孩子一样任性，在媒体上露面是他最大的休闲娱乐。

“我觉得您应该去看看精神科或是脑神经外科。先去近一点的精神科看看吧。我会给您找家知名的综合医院。”

“我嘛，最好是找个女医生，而且是年轻漂亮的那种。”

“就给您找男医生。”

美由纪打开膝盖上的笔记本电脑，敲打着日程安排。贵明对这种光景并不讨厌。才三十二岁，身边就有这么一个美女秘书，在同学中他是独一份——因为自己是成功人士嘛。

汽车载着年轻的 IT 富豪，在东京街头穿行而过。

秘书为他找的是日本医师会的理事经营的老牌医院“伊良部综合医院”。毕竟院长的儿子就是一名精神科医生，如果攀上关系，以后肯定会有好处。

走进精神科所在的地下，眼前一片昏暗，还有一阵阵的霉味。嗯，就是这儿吧。贵明自言自语，敲了敲门。

“欢迎光临！”一个尖利的声音顿时传来。进去一看，里面坐着一位中年胖男人，名牌上写着“医学博士 伊良部一郎”。贵明本以为会看到一张医界精英的面孔，所以有些泄气。如果是个不学无术的“医二代”，自己就用咄咄逼人的质问击倒他。

“好。我是安保。”他轻轻点点头，决定先打探一下情况再说。

“知道。面包超人是吧，呃呵呵。”伊良部阴森森地笑着。

“那个，我是面包超人。我们没时间开玩笑，赶紧开始吧。”

尽管有些生气，可贵明还强压着情绪。最近，他认为连生气都是浪费能量。

“听说安保先生是位富豪，比我们家还有钱？”伊良部一脸猥琐地说。

这个人在瞎扯些什么呢！就算医生再有钱，也跟实业家不在一个档次上。

“我们家有三处别墅，轻井泽、叶山和夏威夷各有一处。”伊良部一脸骄傲，像小孩在炫耀自己的宝贝一样。

“这也是看病的一环吗？如果是的话，我就回答你。”

“唔，只是瞎聊。”

“那就算了，浪费时间。顺便说一下，我一处不动产都没有，因为不需要。只要往麻布 HILLS 一住，自然会有前台服务，住休闲旅游酒店的话就更方便了。所以干吗非要购置不动产，这也是日本人最荒谬的地方之一。”

“嘁，真无聊。”伊良部噘着嘴，嘴里咕哝着，“浪费时间是安保先生的口头禅吧？”

“没错。我从不打领带，你知道是为什么吗？”

“脖子太粗？”

“嘁。”贵明的脸不禁发起烫来，“大夫你的脖子才粗呢。因为不打领带会减少浪费，领带一点作用都没有，发明领带的人简直就是个傻瓜。”

“嗯，听你这么一说倒也是。衬衫的领子也没有意义。”

“没错，所以我是一位 T 恤社长。”

贵明点点头，似乎觉得对方明白了自己的意思。其实，在商界的大人物中也有批判他的声音，说他服装太随便。不过他觉得很荒唐，不屑于开口反驳。

“所以你就患上了中年性阿尔茨海默症。”

伊良部望着病历，无聊地说。

“等一下。什么叫中年性阿尔茨海默症？不可能！”贵明连连摆手否定，“我每天头脑都很清晰啊。跟股票市场大眼瞪小眼，瞬间做出判断动用上亿的资金，连日跟十多人面谈并记住所有的来访者，连银座女服务生的轮班顺序都不会搞错。所有这一切都装在我的大脑中。要是患了阿尔茨海默症的话，我还能工作吗？”

“可是你连平假名都忘记了。”

伊良部咬住一点不松口。这家伙脑子有问题吧。贵明在心里嘀咕。

“我只是一时想不起来而已。我现在这种情况，平假名之类根本就无所谓。我只要忘不了电脑的密码就行。”

“寒暄语也无所谓？”

“没错。一个好字就足够了。只要能讲通，不就行了？”

“嗯。”伊良部抱起胳膊。

贵明的同学当中就有很多人做医生，他们基本上在数理方面都很有天赋，十分厉害，更不要说像精神科医生这种连手术都做不了的后进生了，贵明一点都不害怕对方。

“总之先打一针吧。”伊良部忽然热情地说：“喂，真由美。”

话音刚落，诊室的帘子就打开了。一名身穿超短白大褂的性感护士出现在眼前，她手里托着盘子，盘子里放着一支注射器。

“那个……”贵明呆住了。就在他发呆的时候，对方已飞快地准备好了注射台和消毒液。

“呃呵呵。”伊良部笑容可掬地探出身子。

“等一下。”贵明抬手制止，“喂，打什么针？你得给我说清楚。”

他毅然质问对方。

“别怕、别怕，是治疗健忘症的。”

女里女气的伊良部毫不在乎，伸手就要抓贵明的胳膊。

“不行。”贵明缩回胳膊，“你得给我解释一下。患者有知情同意权。医生要向患者说明治疗方案并获得同意，这早已是医学界的常识。”

“你这样就不可爱了。”伊良部皱起眉，“你就不能老老实实地让我打一针？”

“你胡说些什么啊？你告诉我，你打的是什么药？”

“啊，那个……只是普通的葡萄糖。”

“为什么要打？”

贵明不断地要求解释。伊良部沉默了，噘着嘴，就像一个挨训的淘气小学生，翻着眼看着贵明。

“大夫，用老办法怎么样？”护士在一旁懒洋洋地说。

老办法？贵明很诧异。“嗯嗯。”伊良部却看着护士点点头。

这两个人玩什么鬼把戏？贵明正迷惑之际，护士忽然微笑着弯下腰来。迷人的女性体香顿时钻进了鼻子。“社长先生。”随着一个秋波，她的乳沟也贴到了眼前，贵明的目光顿时被吸引过去。

可在接下来的一瞬间，他的左臂一下被抓住了。

“搞定，啊哈哈。”伊良部狂笑着，将贵明的手臂迅速绑在注射台上。

“喂，你们要干什么？”尽管厉声呵斥，他还是被大块头的伊良部按住，一动都不能动。

“你们是闹着玩吧。等一下，你们觉得可以这样做吗？”

“真啰唆。身为IT界的富豪，还说这么抠门的话——喂，真由美，赶紧打。”

护士摆出颇带SM风格的冷笑，还用舌头舔着嘴唇。针头扎进了皮肤。“疼疼疼疼疼！”贵明不由得惨叫起来——我这是在哪儿啊？

打完针后，护士粗鲁地说：“大夫，刚才的加班补贴得算半个小时的吧？”

“哎？以前不都是算二十分钟吗？”伊良部反问。

“我的新吉他要还贷款呢。”护士说。

贵明拼命想弄清楚刚才到底发生了什么。

“所以，安保先生，过段时间请再来复诊。”

“‘所以’？大夫，你是不是太过分了？”贵明终于发出声音来，“不需要打针你却硬打，你是想赚点治疗费吗？”

“白送你一针还不行？”

“少来了。”

“真啰唆。安保先生，在精神科不要太较真，因为我们就是专门治疗那些不合道理的疾病。”

贵明一时语塞。“呃，那个，我觉得不对。”

“哪点不对？”

“所有的疾病都有原因，对吧？精神疾病也是有章可循的。搞不清原因，谈何治疗？”

“你太抠死理了。”伊良部一脸不耐烦地摆了摆手，“你可以回去了。”

“那我看病的事呢？”贵明抗议着，努力保持冷静。

“我不是说了吗，中年性阿尔茨海默症。我会给你开药的。”

“错了。这样做不合道理。如果你不能说出个道理来，我是不会接受的。”

贵明忽然觉得很疲劳。看看手表，原来已经陪这个傻瓜浪费了二十分钟。三十六计走为上计。

“可是，平假名也没道理可讲啊。”伊良部坐在单人沙发上，抠着鼻子说，“你说，‘め’和‘ぬ’之间有什么逻辑可言？”

贵明刚要站起来，听他这么一说又停住了。那个，该怎么反驳才好呢？

“你给我说一下‘わ’和‘ね’的区别，字数不超过五十个字。有什么区别，你说啊。”

伊良部笑嘻嘻地眯着眼。贵明的大脑中又出现了空白。那个，“ね”是怎么写的来着？

不行，不行！自己很忙，后面的行程都是按分钟来计算的。他穿上外套走向门口。

别走啊！伊良部穷追不舍："喂，那位病号，请给我说说‘ろ’和‘る’的区别。"

还有完没完！贵明沉下脸来。

与此同时，他也为自己想不起这两个假名惊呆了。

2

第二天，贵明一大早就跟电视台开始了车轮战。因为贵明公司收购民营广播电台一事被舆论炒得沸沸扬扬。这家名为日本放送的广播电台是大型电视台江户电视台的第一股东，只要把广播电台搞到手，就能自动获得参与电视台经营的权利。作为扩大互联网事业的手段，再也没有比这更简单有效的了。

"安保先生，你是想劫持媒体吗？"

电台记者出身的老主持人一开始就火药味十足。

"错了。我是想通过现存媒体跟互联网的合并，来提高双方的企业价值。"

贵明笑容不断，稳如泰山。服装也跟往常一样，是T恤加夹克的随意搭配。

"可是，你在上次的记者会上用了‘统治’一词。媒体是以报道为使命和责任的，也可谓老百姓知情权的仆从。如果一个人按照自己的意思就能实现这一点，那可就大错特错了。我作为一名媒体人，也是十分愤怒。”

“对、对，请不要激动。我的确说过统治一词，可那只是语言上的一种……那个，叫什么来着？”

“语言上的修辞？”

“对对，语言的修辞。所以，我压根儿就没有独裁的意思。只不过，任何一个电视台和报社都会有自己的亮点，对吧，或许多少还会有一些偏见，比如放弃没有意义的纪实报道，强化娱乐路线之类。”

“我并不认同。什么叫没有意义的纪实报道？踏踏实实的调查报道一直在揭露当权者的腐败，难道不是吗？”

主持人砰砰地敲着桌子。虽说带有大半表演的成分，可这种劲头还是让贵明难以招架。

“所以，这依然是一种老掉牙的媒体观。既然传输手段都多样化了，为什么还要用地上波来传输呢？用地上波抓鱼，用网络来往深处引导，为什么这种设想就不行？网络可是解决利基市场[1]需求的有效手段。”

“不，恕我无法赞同。媒体与互联网不一样。互联网是不负责任的，是一种毒害，全靠兴趣来散布未经查证的信息。”

---

① Niche market，指高度专业化的需求市场。

"等一下。毒害？不至于吧？"

贵明有点厌烦。这个主持人素来以挑唆嘉宾闻名。

"不是毒害是什么？"

"是报纸和电视这种现存媒体的特权意识吧。新闻是精英们的自豪，能将他们自己展示给大众。"

"不，安保先生，你错了。"主持人眉头紧锁，嘴角唾沫星乱飞。

完了，今天就不该来。说不定参加综艺节目会更好些。贵明在心里叹了口气。最近几天，自己仿佛一直在向落伍的傻瓜推介近代文明似的。

一通辩论结束之后，主持人让他把想说的话写在板子上。这似乎是该节目的惯例。

对方把板子和签字笔交给贵明，他把事先想好的话写在了上面。可写到最后一个字的时候，他的手忽然停了下来。那个，是什么字来着？他回忆着电脑的键盘，做着输入的手势。

可现在是直播，他没时间思考，便交了个半成品。

"時代は変わ RU。"[①]

主持人一副喝了醋一般的表情。"安保先生，这是什么？这最后的 RU 是……"

"啊，这个啊。我本来想写'時代は変わる'，结果有个假名

①意为"时代变了"。贵明将最后的平假名"る"写成了罗马音"RU"。

想不起来了，啊哈哈。”

“你在说什么啊？不许你侮辱节目！”主持人又砰砰地敲起了桌子。

“我没那个意思……”

贵明想打圆场，可对方却情绪激昂，根本不买账。甚至连观众都觉得两个人会打起来，可他们的期望最终还是落空了。

节目结束后，主持人的态度忽然来了个一百八十度大转弯，热情地跟他聊了起来：

“安保先生还真冷静，居然一点都不生我的气。”

“生气会浪费能量啊。”

贵明悠然地回答。事实上，最近几年，他连说话都不提高声音了，他不想为此浪费珍贵的能量。

“浪费能量？那如果生气的话怎么办？”

“抗议嘛还是要抗议的。如果部下有问题，会提醒他们，但不会生气，因为生气的生产率是零。”

“就算生产率是零，可该生的气还是要生啊。”

不，如果狗朝你叫，你会生气吗——贵明把刚到嘴边的这句话咽了下去。只要不把对方跟自己同等看待，就不生气了。

“安保先生，你们这一代人还真有一种彻底的合理主义。”主持人把目光投向远方，陷入了深思。

“是啊，电脑已成了玩具的代替品，数码方面的理念也很纯熟。”

贵明默默地耸耸肩。模拟信号老头的唠叨早就听腻了。世界早就被互联网连到了一起。可有些人却对此浑然不觉，真是脑子有问题。

在行驶的车子里，美由纪又担心起来。“社长，你今天又没想起平假名来。”她一脸愁容，不住地叹着气。

“没事，又没影响沟通。”

“我说的不是这个问题。”

“就是这个问题。把白说成黑肯定是错了，那把白说成白不就对了？话说回来，平假名这种东西本身就模棱两可。你知道吗？西洋人之所以瞧不起日本人，就是因为日本人使用的文字不属于符号表达。无论平假名还是汉字，让那些人一说就是象形文字。也就是说，他们认为我们的文字还没有合理化。”

“可这是国家的文化啊……”

“胡说。这是反全球化。对了，接下来的安排是什么？”

“去伊良部综合医院。”

“不会吧。我不去。”贵明瞪大眼睛。

“不行。医生说了让您复诊。”

较真的美由纪沉着脸。

“说得轻巧，你都不知道那医生什么德行。”

“求您了，请遵照医嘱。书上都说了，精神科的治疗并不是一朝一夕就能见效的。”

美由纪少见地固执起来。

贵明噘起嘴，不再作声。毕竟秘书也是为了自己好，也不好驳她的面子。

“呜呼呼呼呼。”

贵明一走进诊室，伊良部就像潜伏在森林里的妖怪一样发出怪笑。他后悔自己来早了。

“我今天在电视上看见你，终于明白你患平假名阿尔茨海默症的原因了。”

伊良部从沙发上探出身子，咔吧咔吧地掰着手指头。

“不要给我乱取病名。”

贵明沉着脸，在凳子上坐下来。

“安保先生，你想不起平假名的时候，用指头假装敲键盘来着，是不是？”

“真的假的？我哪儿能一件件都记着。”

“你的确是做这个动作了，在桌子上啷啷地敲打。”伊良部用手演示着。

“这有问题吗？”

“电脑打多了，平假名就变成了罗马字母的输入问题，比如‘る’这个假名，不在键盘上打RU是出不来的，呃呵呵。”

“大夫，你有点幸灾乐祸啊。可这又怎么样？就算如此，又能怎么样？”

贵明不屑地探出下巴。伊良部就像一个没得到表扬的小学生一样失望。

“你这人一点都不可爱。不过我还是有点惊讶，因为你得的是一种精神障碍。”

“障碍又能怎么样，我既能读又能说，能有什么问题？”

“有，很有问题，因为你不会写平假名。”

贵明咳嗽了一下，开始教训眼前的胖医生。

“大夫，你听好了。笔记这玩意儿已经过时了，现在的商业文件全都是用电脑来打，公司内部的文件也全都在电脑上处理。也就是说，不会写字也没什么坏处了。我可以预言，汉字的听写考试不出十年就会消失。”

“就是说，安保先生您一点也不担心？”

“没错。只要忘不了怎么在信用卡上签字就行。”

“真是个不可爱的患者。”伊良部一脸不服，一面咕哝一面用圆珠笔挠着头。

“可病情是会恶化的，比如，你又忘记了别的东西的名字，或者连寒暄的话都想不起来了，该怎么办？”

“这也无关紧要。比如，就算我记不起大夫脖子上的听诊器叫什么，对我也没有任何影响。寒暄问候也是小菜一碟，跟正事没任何关系。”

“嗯——”伊良部抱起胳膊，“总之，安保先生的脑内合理化是越来越升级了。”

“没错。这样能避免浪费。啊，丑话说在前头，像人生的乐趣是什么，真正的富裕存在于浪费中，这种龌龊的人生大道理你就不要说了。”

伊良部没吱声。

“我每天都活得很快活、很刺激，有大把大把的钱赚，连我都觉得钱多得有点对不起老百姓了。”

伊良部噘着嘴，低着头。

“那就是说，你没必要再来医院了，是吗？”伊良部抬起头，“那打针呢？”

“也没必要。”

“气死我了。”伊良部摩挲着沙发的扶手，失望地咕哝。

驳倒傻瓜的感觉真好，贵明不由得窃笑。他突发奇想，索性把这家医院给收购了，在医学界也掀起一股合理化风暴。

这时，帘子拉开了，上次的护士又现出身来，她的名字好像叫真由美来着。

真由美左手握着注射器，右手端着金属盆，拿着这一对奇怪的搭档走了过来，然后不由分说，抡起盆子就朝贵明的头上砸下去，只听“咣”的一声巨响。

“你、你干什么？”贵明连声音都变了调。由于事发突然，他只能说出这一句话来。

“大夫，跟这种傲慢的病号还有什么好说的。”真由美懒洋洋地说着，把注射器换到右手，“赶紧打。”

“嗯，对。打！”

在真由美的催促下，伊良部站起来晃了晃脑袋，咧嘴一笑，两眼放光，一把抓住贵明的胳膊。

“呼呼呼，对这种人就得来硬的。”

“等、等、等一下。”

“放松，放松，不要怕。”

“放松个屁。你要胡来，我就告你。就算不告你，我也会在博客上给你曝光，一下子传遍网络，让你们医院立刻完蛋。”

贵明拼命地后退，可胳膊被伊良部抓住，动弹不得。

“那个，这么做是有点强硬，不过在精神医学上也是有这种疗法的。”

“怎么可能有?!”

“唔，有的。”伊良部脸色通红，口气强硬地说。

真由美嘴角挂着冷笑，手中的注射器逼过来。

“不好意思，我们精神科打针是要收费的。我最近刚进乐队，花销有点大。”

抹完消毒液后，针头一下扎进了贵明的胳膊。“疼疼疼疼疼！”

贵明龇牙咧嘴。即使在这个当口上，他还是盯了真由美的乳沟一眼。

“好了，辛苦了。”真由美摸了一下他刚才被揍过的脑袋，晃着性感的屁股消失在帘子后面。

那个，此时自己该说些什么呢？

“刚才的行为基本上就叫压迫疗法。最近在医学界很流行哦。”伊良部煞有介事地说。

“什么压迫疗法，我从来没有听说过。”贵明厉色抗议。

“你知道求职面试吧，就是给对方施压，看他的反应。我这个办法跟那个一样。”

“那为什么要用金属盆子和注射器？”

“目的是让你遭遇不合逻辑的事儿，当然就不合理了。”伊良部靠在沙发上，一副心满意足的样子。

明明想反驳却找不到词儿，这算是怎么回事，难道自己就这么输给一个傻子？

“不过我想，安保先生，你是从来没在别人手下工作过，所以脑内合理化水平才这么高吧。”伊良部说。

“什么意思？”

“一般来说，如果在公司里上班的话，必然就会有愚蠢的上司。因为是上司，他说的话你不得不听，连不合理的命令也得服从。安保先生，你没有这种经历，所以才会发展到这一步。”

“这避免了时间的浪费，难道不是好事吗？”

“因为你没有经历曲折就获得了成功，所以思想太单纯。如果用车打比方，基本上就跟一辆方向盘没有游隙的赛车一样。”

“喂，你不要强词夺理好不好？”

贵明用手心搓着脸。他很忙，没工夫在这里瞎扯。

“开着赛车在公路上跑是很危险的，你为什么就不能降低一下性能呢？”

一句话让贵明抬起头来。这个比喻有合理之处。周围的人太慢了，自己反倒会筋疲力尽。

“那好，请你及时来复诊。”

在伊良部的催促下，他不由得回答了一声“好的”。

明明被人用盆子给胖揍了一顿，自己为何还会任人摆布呢？贵明只觉得大脑里像钻进了一条多余的虫子似的。

3

贵明收购广播电台股票一事终于闹大了，媒体连日进行报道。为了对抗贵明，日本放送发行新股预约权，企图降低 LIVE FAST 的持股比例。这分明违反了日本商法。商法是严禁以维持或争夺控股权为目的发行新股的。

这个国家的经济界真是糟透了！虽说事态在贵明的预测范围

内，可他还是非常失望。经营者只是股东委托的人，可是那些活在旧范式内的人根本不懂得这个道理。当然，他也向东京地方法院提出了紧急叫停的申请。最终，贵明的电视台之行还是占掉了大半的日程安排。

“安保先生，虽然您谴责新股预约权的发行，可是，最先利用收盘后交易进行突袭的却是您本人吧？”

上次那个慷慨激昂的主持人再次挑逗贵明。虽说日程都是秘书安排的，可参加这种节目也太丢人了。

“那又根本不是什么新手法。无非是这个国家没有勇气这么干而已。”

尽管贵明心里不乐意，但还是耐心地回答着问题。

“你是说，只要法律上没问题，就什么都可以做吗？”

“在美国等国家，这种企业收购是常态。为什么唯独日本就可以例外？”

“这儿不是美国，是日本！”

主持人跟上次一样，砰砰地敲着桌子。

“那个，我早就说过多少遍了，世界已经被互联网联结成一个整体了。照你说，让外资吃掉就可以了吗？什么股市平稳之类，这根本就是日本企业最差劲的习惯。大家是不是害怕一旦股东资本主义普及后，那些无能的经营者就会失业啊？”

“您居然把财界的前辈们称为无能的人？”

主持人的唾沫星甚至都飞到了贵明的身上。

“不，我可没这么说。”

“跟说了没两样！”

主持人继续敲打着桌子，激昂的表演不断升级。

节目过程中有介绍观众反应的一环，数据显示，观众对贵明行为的态度明显分为了支持派和反对派，支持派是年轻人，反对派则是中老年人。

“安保先生如何看待这种结果呢？”

“这、这很正常啊。有前途的人对我怀有期待，垂垂暮年的人则害怕变化。”

总之，那些埋头苦干的上班族只是在忌妒凭一点小聪明就上位的年轻人。

“你所谓的垂垂暮年之人是什么意思？”主持人再次愤怒地问道。

节目的最后又是那个保留模块——在板子上写一句话。这一次对方的要求是“想对世人说的一句话”，所以他早就想好了该写什么。

他拿着签字笔写了下去，结果照例还是忘了假名。他索性破罐子破摔，直接写了一个“騒GI杉[1]。”

---

①正确写法应为“騒ぎ過ぎ”，意为“大家太能闹了”。

主持人皱起眉。“这是什么意思？”

“大家太能闹了。”贵明微微红了脸，说。

“我说，开玩笑也不能太过分。你调侃这些人的态度会招致世人反感的。”

接着，桌子又像敲鼓似的响了起来。

在车上，美由纪的表情越来越难看。

“社长，说实话，您到底是怎么回事？汉字能想起来，可假名全都忘记了？”

“也没到全忘这么严重。还是会写一半的。”

“一半就已经够异常的了。都这样了，您还能沉得住气，我真是不理解。”

“你就是瞎操心，反正对大家也没影响。”

“忘记汉字还情有可原，可您居然会忘记平假名……”美由纪仍在一旁唠叨个不停。

“那个，每个汉字都有各自的含义。即使是美由纪的‘美’，本身也是含有意义的，所以我承认其价值。不过，它的平假名发音‘み’却没有任何意义，如果罗马音 MI 能通用，就足够了。”

“我看，今天还是先去伊良部大夫那儿吧。”

美由纪打开电脑，调整着日程。

“我讨厌他。那个医生分明就是个变态。”

“我已经跟大夫通过电话了，大夫说即使您不愿意，也要我把您带过去。”

那个傻瓜医生——伊良部的面容再次浮现在眼前，连同下巴上那一堆颤悠悠的赘肉。

“总之您得去一趟。”

贵明叹了一口气，不再作声。

“社长，也有一个好消息。在网站访问量排行榜上，我们 LIVE FAST 进入了第七位。”

“哦，终于进前十了啊。”

“由于访问量增加，网站的显示速度放慢了。”

“好，那我让人加强一下网络环境。你立刻给我安排一下。”贵明轻轻比了个加油的手势，喃喃地说，“我要在五年内超过雅虎。”

就算是再受打击，作为媒体来说，最终获胜的还是出头鸟。如果换算成广告费的话，最少不下十亿。就冲这一点，他也想把现存的媒体收在囊中。贵明的理想就是把 LIVE FAST 做成世界一流的企业。

“呃呵呵呵。”

一进诊室，伊良部再次阴森森地笑起来，勾了勾手指示意贵明过来。

“今天又在电视上看到你了。安保先生，你用木字旁的‘杉’

代替了‘騒ぎ過ぎ’的‘過ぎ’[①]，对吧？”

这个闲人，你难道就没有其他患者？贵明控制住不屑的情绪，在凳子上坐下来。

“因为我当时能想到的只有那个字。其实不用木字旁的杉也无所谓，有其他替代的字也行。”

“那个，总之，你是切换错误。”伊良部舔着嘴巴说。

“切换错误？”

“是啊。安保先生，想不起平假名的时候，你不都是在大脑中敲键盘吗？今天这种情况，你应该写 SUGI 才对啊。结果你却弄错了，用了个杉字来充数。”

“嗯，那倒也是。”

贵明耸耸肩。让伊良部这么一说，他自己也有同感。

“你一句‘那倒也是’就行了？”

“不行吗？”

“你可真无聊。”伊良部皱起鼻子，“你难道一点也不着急？”

“不着急啊。这又不能决定胜负。”

“总之，还是得给你打一针。喂，真由美。”

“还要来？”贵明沉下脸。

里面的帘子开了，手持金属盆子和注射器的真由美再次出现，

---

①日语中，“杉”与“過ぎ”的发音都是 SUGI。

她今天看上去似乎更不高兴。

“知道了。打就打吧。不就是葡萄糖注射吗？”

他已经被打怕了，决定服从。这样还可以肆无忌惮地欣赏护士的乳沟。

“真由美小姐，愿不愿意给我做秘书？”

贵明刚调侃了一句，顿时被金属盆子轻轻敲了一下头。他十年都没受过这种野蛮的对待了。

“我说，安保先生，接下来咱们就去后面的幼儿园逛逛吧。”伊良部说。

“幼儿园？干什么？”

“学平假名啊。”

“开什么玩笑。我多大年纪了还要去幼儿园？”

“去吧。那也是我家经营的一家幼儿园，我早跟老师们约好了，说下次一定带你过去。安保先生，谁让你是大红人呢。”

伊良部一脸猥琐地摇着贵明的胳膊。

“不行。你不知道我很忙啊。”

“就一会儿，去嘛、去嘛。”

在伊良部的死缠硬磨下，贵明还是被拉出了诊室。自己为什么总是跟着这个人的节奏走呢？

“你不是面包超人吗？”

一走进医院后面的“私立伊良部幼儿园”，贵明就被团团围住，孩子们开口第一句就这么问他。

“嘘、嘘。这个人就是面包超人。小屁孩都到那边去。”

伊良部也没个大人样，赶走孩子后把贵明领到教室。年轻的女老师们“啊”地尖叫起来，仿佛见到了来访问的电影明星似的，兴奋地涨红了脸。

“啊，打扰了。”贵明轻轻点头致意。虽然他早就习惯了这种尖叫，可还是自我感觉良好——幸亏自己出名了。最近，他跟艺人和美女主播吃饭已经成了常事。一般的女孩子，他都能搞到手。

“瞧，没骗你们吧。那咱们可就说话算话，春天的预防针就由精神科来负责哦，呃呵呵呵。”

伊良部得意地挺着胸脯。贵明泄了气，看来自己是被人拿来打赌了。

在此期间，孩子们仍然不时地围过来，举止十分可爱。贵明也三十二岁了，就算有个这么大的孩子也毫不奇怪。难得来一趟，他决定瞧瞧孩子们上课的情形。正好赶上学平假名。

“那，会写‘みかん[①]’的小朋友举手。”

“我。”孩子们争先恐后地举起手。老师点名让一个男孩去前面写到黑板上，结果男孩的字写得弯弯曲曲，像蚯蚓爬的一样。而且“ん”还把左右写反了。

①意为柑橘。

“这些孩子大约几岁就能记住平假名的读写？”贵明问伊良部。

“平均五岁左右吧。”

这样啊。原来，人是一种五岁前连字都不会写的动物。

“下面，会写‘ごはん[①]’的小朋友请举手。”

“我，老师。”伊良部在旁边举起手来，“让这个人写写试试。”他用手指指贵明，“这个人，现在正在治疗平假名阿尔茨海默症。”

“谁得阿尔茨海默症了？”贵明不由得提高嗓门。

“那你就写写看啊。”伊良部说。

孩子们也开始起哄：“写，写……”

贵明的脸发起烫来。在别人眼中很酷的自己，怎么会沦落成这个模样？

无奈之下，他来到黑板前拿起粉笔。那个，“は”是怎么写来着？看来自己好像是记不清带圈的平假名。啊，糟了！

“ごすん。”

“错了！”“错了！”

孩子们大笑起来，还有的孩子在喊“都是大人了还不会”。贵明全身冒汗。老师则沉着脸批评孩子们。

如此一来，孩子们也不再拘束，大概是把他看作水平同等的伙伴了吧，有的孩子甚至还“傻子、傻子”地喊了起来。

---

①意为米饭。

我的偏差值[①]都超过七十了，居然敢喊我傻子？

随后，玩面包超人牌的游戏开始了。这是一种看谁找得快的游戏，大家把牌摊在教室的地上，老师念牌上的话，然后大家争相寻找句子打头的平假名。

“你也来玩吧。”一个傲慢的小屁孩戳戳贵明的后背。

“不了，叔叔是大人了。”贵明努力保持冷静。

“你是不是怕输，所以想逃啊。”

贵明的脸抽搐起来。谁说孩子是天使，我看就是半个恶魔。

贵明又没了退路，只好加入进来。不知出于什么想法，伊良部也加入了。

老师读一句：“せいぎのみかたアンパンマン。”[②]

孩子们一齐探出身子寻找，嘴里还不住地喊着“せ、せ、せ”。

“找到了。”一个女孩麻利地抓起一张牌，天真地笑起来。贵明表面上在鼓掌，心里却并不平静。如果读句子的话，自己应该没问题，可如果单独塞给他一个跟上下文毫无关系的“せ”，他还是要花一些时间来判断的。

“みんなでブランコたのしいな。”[③]

“み、み、み。”

---

①指相对平均值的偏差数值，是日本对学生的智力和学力的一项计算值。

②意为“正义的伙伴面包超人”。

③意为“大家一起荡秋千，真开心”。

“找到了！”一只大手一下子伸过来。是伊良部，他得意地挺着胸脯。

“我一张。安保先生一张也没有。”伊良部高兴地晃着纸牌，“输的一方转让自己公司的股票怎么样？”

贵明气不打一处来。同样是股票，你们医院的股票能跟 LIVE FAST 的价值一样吗？

“いじめるわるいこはだあれ？”[①]

“い、い、い。”

几个人的手同时伸出来，可还是让伊良部抢了先。“呀吼，又一张。”

“老师，伊良部叔叔刚才推我了。”一个女孩跟老师告状。

“我没推你啊。”伊良部红着脸辩白。这家伙还算是大人吗？

话说回来，我怎么会出现在这种地方呢？我本来是个跺跺脚就地动山摇的创业家——

最终，贵明连一张牌也没抢到。

“啧、啧……”几个小孩嘲笑贵明，那个傲慢的小屁孩则戳戳他的头。“那么大个人，连一张都没抢到。”

尽管想保持微笑，贵明脸上的肌肉还是紧绷起来。

“叔叔好可怜啊，我给你一张吧。”一个满脸同情的女孩递给

①意为“欺负别人的坏小孩是谁”。

贵明一张牌。伊良部见状连连阻止:“不行、不行,不能给输了的人。”

贵明沉着脸站起来。

“怎么,你要走?”伊良部问。

“当然。我可是大忙人。”贵明气得声音发抖。

贵明轰走孩子,离开教室。什么狗屁面包超人牌!就算是输了,我也一点不后悔。我可是叱咤风云的亿万富豪,当今日本首屈一指的胜利者,住的是麻布 HILLS 的高档公寓……

他气呼呼地大步穿过院子。好些日子没生气了,上升的血压很久都没降下来。

4

因为收购日本放送的股票,LIVE FAST 陷入了包围圈,甚至连国会都被卷了进来。保守派政治家们开始谴责贵明,连一些不理智的意见也冒了出来,说他是“应试教育造就的年轻人”。

我向来都按规则办事,他们凭什么这么中伤我!

而且,江户电视台也进行了买断合并,一些老牌的大企业作为大股东积极回应,目的就是为了不让 LIVE FAST 参与经营。江户电视台已经拥有日本放送三分之一的股票,根据商法规定,贵明已很难参与经营等重要事务的决定。

贵明现在才看清这个国家的腐败。总之，日本的经济界就是“拒绝生客”。自己去年进军职业棒球界的时候也是，老板们全都对他大门紧闭，不接纳他这个陌生的公司。日本人讨厌自由竞争。

说实话，他从未想过会遇到这么大的阻力。旧势力就像盘踞在巨岩上的藤壶一样无比顽固。

最终，贵明也无法一口气强硬到底。经过与公司高层的连日商量，他设想了一个最糟糕的结果。自己原本就是白手起家，就算在三十二岁的时候丧失了一切也毫不畏惧。

“社长，您在做什么？”

美由纪来到社长室，瞧了瞧桌子上的笔记。

“面包超人平假名练习簿。”

贵明爱搭不理。美由纪觉得无言以对。

“平假名完全是时代的遗物，五十个假名都不能覆盖所有发音，连英语的R都不能准确表达。还有一个狗屁‘ん’，完全就是小瞧人。”

贵明一面说，一面用铅笔在薄薄的草稿上练习写平假名。

“社长，您没事吧？”美由纪小心翼翼地问。

“没事。我今天还要去一趟伊良部幼儿园，一雪前耻。”

“幼儿园？”

“啊，不是，是伊良部综合医院。那个庸医连幼儿园小孩都不放过。”

美由纪眉头紧锁。

“那个，今天是法院出结果的日子，所以律师早就来了。”

“哦，那叫他进来。”

在社长室的接待处，贵明与年轻的律师面对面坐下来。

“怎么样？阻止新股预约权发行的临时处分申请，我们能赢吗？”贵明问。

律师神情严肃地回答：“五五开。”

“从法律上来讲，对方明显违法。可一般来说法官都比较保守。而且，总务省修正《电波法》的行为或许也会对判决产生微妙影响。”

“啊，是吗？没想到都发展到修改法律的地步了。不过一旦被驳回，日本就会变成经营者的天堂。难道他们连国际立场都不考虑了？”

“所以，我们也针对这一点事先进行了广泛的宣传。”

“那万一我们输了呢？”

“那我们就作为股东提起损害赔偿诉讼，哪怕把官司打到最高法院都行。”

会输吗？贵明竟然冷静地考虑起来。自己肯定是提早出生了二十年。

跟律师商量完，美由纪又来了。

“媒体蜂拥而来，说是要设一个记者会会场，好让他们听一听您在司法判决后的第一声发言。”

“那伊良部大夫的预约呢？”

“当然是取消了。”

“不行，我要去，还是治疗更重要。”

贵明无视左右为难的美由纪，硬是让人准备车子。他早就厌倦了那些媒体记者。他现在想说的只有一句话：谢谢你们让我出名了。

贵明到了伊良部综合医院，跟伊良部一起来到后面的幼儿园。媒体记者们早就捷足先登，架好了相机。

“安保先生，您在幼儿园究竟要做什么？”“难不成是您的孩子在这儿吗？”记者们接二连三地提出问题。

“我又想经营幼儿园了，过来视察视察，啊哈哈。”

贵明一个谎就让记者们坠入了五里雾中。一旁的伊良部则冲媒体做着胜利的手势。

“喂，那家伙，不是上次锅男事件时的那个……”“又是那个医生啊？”记者中间传来窃窃私语声。嗯？伊良部这个医生有这么出名吗？

一进幼儿园，贵明爽朗地说：

“嗨，我是面包超人哦，大家再一起玩吧。”

孩子们顿时围了上来。一阵阵甜丝丝的奶香味扑鼻而来。说不定自己很喜欢小孩呢。

“你把平假名都记住了？”傲慢的小屁孩踢了他一脚，结果贵明趁老师看不见的时候狠狠拧了他的鼻子一把。“呜——”小屁孩痛快淋漓地哭起来。

大概是闲着没事吧，真由美也来玩了。即使面对孩子，真由美也很冷淡。她抡起一个掀她裙子的小男孩，玩起了大回环，看来也没个大人样。只不过这一招好像很受孩子们的欢迎，“我也要、我也要……”孩子们竟排着队要跟她玩。

“喂，小朋友们，到了玩面包超人牌的时间喽。”

老师拍着手把孩子们召集起来。大家把牌摊在教室的地上，围成一圈。贵明和伊良部也加入其中。

他决定先记住就近的牌：“あ”“と”“な”“き”。哼，今天要让你们好好瞧瞧我的学习成果。

老师大声朗读着字句：

“むしよりきらいなバイキンマン。”①

“む、む、む”，是自己最怕的带圈的文字。贵明探出身子，凝视着牌。找到了！还没等大脑反应过来，他的手就先伸了出去。

“我的。”一个扎小辫的女孩忽然一声尖叫，“哇，抢到了，抢到了。”

贵明以一瞬之差失败。不过没事，才刚开始。

“よいこはほどうをあるきます。”②

---

①意为“比虫子还讨厌的细菌超人”。

②意为“好孩子走人行道”。

“よ、よ、よ。”大家一齐伸手。结果这次让伊良部拿到了。

“我一张，安保先生一张也没有，呜呼呼。”伊良部笑得露出了牙龈。

贵明又气昏了头。不行，不行，他安抚着自己，闭上眼深呼吸。今天可是有备而来的。自己打小就这么做，想拿的分数从来没丢过，从来没有品尝过失败的滋味。

“たのしいな　おやつのじかん。”[①]

“た、た、た，抓到了！”贵明的胳膊像变色龙的舌头一样猛地伸出，把牌抓在手里。他终于抢到了一张。

“太棒了，太棒了。”老师表扬道。一股感慨不觉涌上贵明的心头。

“あしたはきっといいてんき。”[②]

“あ、あ、あ，这个也是我的。”贵明迅速把牌抓到手里。他连续抢到了两张牌。

“おんなのこにはやさしいね。”[③]

“お、お、お。”贵明又抢到了。他的注意力越来越集中。

就这样，他连续抢到了五张牌。跟伊良部四目相对，伊良部正红着脸忍耐着屈辱。“哇哈哈，要不干脆把你的医院也收购算了。”

---

①意为“吃点心的时间真高兴”。

②意为“明天肯定是好天气”。

③意为“对女孩要温柔”。

贵明高声笑着。幼儿园的小朋友们都愤愤地看着贵明。

“孩子们，你们要记住，这是一个弱肉强食的世界。”他顺便说教起来。

忽然，他的后脑勺“咈”地挨了一击，震得鼓膜嗡嗡响。回头一看，只见手持金属盆的真由美正像一座铁塔一样屹立在身后。金属盆？她到底是从哪儿拿的？贵明眼冒金星。

“社长，你好歹也是个大人吧，跟小孩子抢有意思吗？”

真由美弯下腰，在耳边警告着他。

“那你们老板也……”由于太突然，他连舌头都打不过弯来。

“那是个傻子，说了也不会听的。”

“可我上次也输了……”

“那也得有个度啊。光你自己赢，就没人陪你玩了。”

咈，真由美又砸了他一下，然后摇晃着浑圆的屁股离去。孩子们哈哈大笑。

为什么每次我都要倒这种大霉？

“まいあさ　はみがき　わすれない。”①

由于分了神，贵明的注意力无法集中，结果牌被别人拿走了。

下一张被人抢走了，再下一张也被人抢走了。

孩子们再次兴奋起来。欢声笑语在教室里不断回荡。看到他

---

①意为“每天早晨不忘刷牙”。

们的笑脸，贵明这才渐渐明白过来。

光你自己赢，就没人陪你玩了。他在心里反复咀嚼着真由美刚才的话，忽然瘫软下来，轻轻叹了一口气。

的确有道理。自己从来都是只想赢不想输，把失败看得比死都重要。结果，学生时代的朋友一个也没剩下。他从不跟朋友分享。他所结交的不是大款就是名人，早就忘记了跟一般人交往的方法。十年来，他做事的标准一直都是有没有好处，合不合理。

抢牌游戏仍在继续。

“老师，伊良部叔叔抢我的牌。”一个女孩向老师告伊良部的状。

“我没有啊。”伊良部拼命辩白。

眼看就要吵起来，贵明插了进来——你到底算什么东西啊？

这时，教室的窗户忽然开了。贵明一抬头，只见美由纪正脸色苍白地站在那儿。

“社长，刚才法院出结果了。”美由纪颤抖着声音说。

“啊，是吗？然后呢？”

“禁止处分下来了。LIVE FAST 的诉求得到了承认。”

贵明还以为自己耳朵听错了。“真的假的？”他不由得挺直上半身。

“我们的主张获得了通过。”美由纪眼里噙着泪。

“太棒了！”

贵明站起来，振臂一挥。

他原以为自己会输掉官司，那些老家伙肯定要把自己这个年轻人轰走。

看来这个国家的司法还没有彻底烂掉。法律精神并没有承认统治者们私下的协议。

“社长，媒体正在大门口等着采访。”

“知道了。马上就去。”

贵明急匆匆正要离开教室，忽然被一个女孩叫住了。

“面包超人叔叔，你下次什么时候来？”

“嗯，可能一时半会儿来不了，叔叔又要忙一阵子了。”

“那你可要写信哦。”

“写信？发电子邮件不行？”

“电子邮件？”

对了，这还是个上幼儿园的孩子。他不由得苦笑一下。

“OK。我会用平假名给你写信的。”

他穿上鞋跑出院子。闪光灯立刻闪烁起来。

或许媒体也对法院的裁决大跌眼镜，各家媒体都很激动。其中既有人因为没看到 IT 富豪摔跟头而咬牙切齿，也有人对他横眉冷对，目光中透着挑衅。记者们首先问了他现在的心情。

“一切都在预料范围内。这是理所当然的结果，不是吗？我们一直坚信我们的诉求能得到承认，结果也正如所料，仅此而已。我为司法的公正松了一口气。这样，日本也不会在世界上丢丑了。”

他表情放松，昂首挺胸，努力控制着不让自己喊出“活该”来。

“安保先生，您今后又能集中收购日本放送的股票了。如此一来，就可以实际控制广播电台了，您能不能就这一点谈谈个人的想法？”

“如果我要实行改革的话，那也是为了提高企业的价值。总之，我是不会让企业亏损的。你说对不对？”

“日本放送的员工对安保先生的抵触心理好像很强烈啊。”

这些时代的遗物，在瞎说些什么呢？

“关于这一点……”

忽然，一阵有人踩过砂石的声音从背后传来。贵明回头一看，只见真由美正手拿盆子走过来。他吓了一跳，不由得缩缩脖子。

真由美躲闪着媒体记者，径直出门而去。

什么情况？不要吓我。

接着伊良部也现出身来，朝相机做着胜利的手势。“喂，你能不能要点脸？”贵明推着他的后背，催他赶紧离开。

贵明做了个深呼吸，重新转向麦克风。真由美的身影从媒体记者的头顶上映入眼帘。只见真由美回过头来，瞥了他一眼，似乎对他嗤之以鼻。贵明不由得摸摸头上之前被打的地方。

“这个……关于这一点，我想，首先可以跟广大员工对话。”

贵明的语气郑重其事，但这并不是他刻意为之的结果。

“在过去的发言中，我曾用过‘统治’这个激烈的措辞，所以想借今天这个场合为我不当的言辞道歉。非常抱歉。”

“哎？”记者们现出惊讶的表情，塞到贵明面前的麦克风也稍微往下挪了挪。

“我完全相信互联网可以实现跟现存媒体的融合，广播电台今后的生存之道只能是与互联网联动。我会一面倾听现场的声音，一面努力探索这种未来。当然，我现在的身份只是一个股东，无权改变公司的方针。不过，我之所以希望参与经营，并非只为了个人的利益，也会为大家的利益着想。所以请不要紧闭窗户，请倾听一下我的声音。当然，我对大家也始终是敞开心扉的。”

记者们沉默了。他是不是疯了？

“……我想，江户电视台集团今后还会阻止 LIVE FAST 参与策划活动，您认为战斗已经结束了吗？”

一名记者开始提问。

当然，战斗仍然会继续下去。旧的体制是不会乖乖投降的。

“这个我就不好说了。在这里想重申一下，我真正想说的是：‘希望大家能把 LIVE FAST 当成朋友，我是不会让大家受损的。’拜托了。”

贵明深深地低下头。闪光灯一齐亮了起来。记者们的态度分明已经改变，既没有刻意缩短距离，也没有再提问。

“那，今天就到此结束。”

在美由纪的搀扶下，贵明走出幼儿园的大门，钻进等待的车子里。

“社长，你这不是很成熟吗？”美由纪调侃着，“刚才简直帅极了。”她看上去很高兴。

“别闹了。”贵明沉下脸，戳了戳美由纪的脑门。

贵明躺在车后座上，浑身放松，兴奋这才慢慢地涌上心头。

“呀吼——”他不由得尖叫起来。

贵明的点头致歉收到了意想不到的效果。“看来安保君也不是不明事理，只要一说，他还是能明白的嘛。”政界和金融界的大佬们也一齐现出态度软化的迹象。

媒体的论调也瞬间发生了改变。贵明由傲慢的 IT 界富豪摇身一变，成了放眼未来的 IT 界企业家。

自己只是轻轻地低了一下头，形势就发生了这么大的变化，人类社会还真是不合理，天底下净是些不能理性思考的傻子。

哇哈哈，贵明不由得笑起来。低一下头又不花钱，结果还赚了一笔。

上次的电视台又请他去做节目。

“安保先生，您最近到底是怎么了？为什么不撕咬旧体制了？年轻人就该有年轻人的样儿嘛，不使劲闹就没意思了。您可是背叛了创业者们的期望。”

激昂的主持人指着贵明，鸡蛋里挑骨头。

“你这样可就过分了。我讲道理，你们指责我桀骜不驯；我低头道歉，你们就说没意思。那你说，我该怎么说才好？”

“您得说‘死老头子都给我闭嘴，今后是我们的时代’，要这么说才行。”

“我才不会这么信口开河呢。我可是公司的经营者，顾客当中也有不少年纪大的人呀。”

“你这是见风使舵！”

主持人啷啷啷地又敲起桌子。贵明只好苦笑。

讨论完后，又到了在板子上写口号的环节。电视台的指示是让贵明写今后的方针。

贵明拿起签字笔，唰唰唰几笔写完。

“きょうちょうろせん。”

“……协调路线？为什么不写汉字？”主持人眉头微蹙。

“啊，我最近迷上平假名了，终于能够书写自如了，啊哈哈。”

贵明挠着头回答。

“你这是愚弄观众！”

啷啷的敲桌子声又在演播室里回荡起来。

偶像

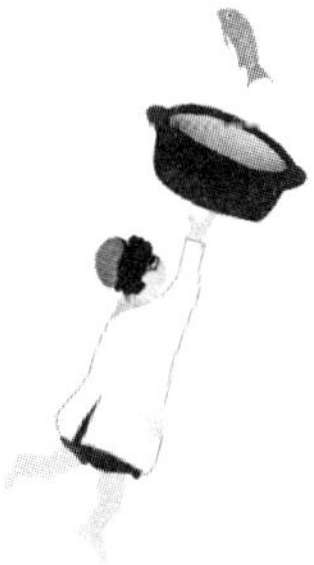

1

洗完澡照镜子时，白木香发现眼睛下面又多了一条小皱纹。

她顿时心口一跳，脸上失去了血色，不禁转过脸去，强忍着急速坠落般的头晕。

她调整着呼吸，下腹用力。不能回避现实。一旦逃避，就不敢正视自己的不足了。我是一名女演员，一位女明星，不管愿不愿意，都会受到社会的评价。

白木香努力说服自己，重新转向镜子，仔细地看了看那条皱纹。没事，这都不算什么——她用手戳戳脸，鼓励着自己。

她用两手拉了拉脸颊，然后松开。差别并不明显，问题不大。她真想给那些做拉皮的同龄女星看看：我可是纯天然的，从来没考虑过整形，起码目前还没有这种打算。

她精心涂抹晚霜，这样在睡眠期间还能促进血液循环。消失吧，皱纹——她一面涂抹一面念着咒语。接着，她又开始护发。乌黑亮丽的头发是她的骄傲。为了能得到主妇们的支持，她剪成了短发，这发型看似容易打理，实际上却远没有那么简单。

做完头发护理后，她又把阵地转移到床上，做起了瑜伽。坐好后，上半身慢慢后仰，拉伸骨盆，反复做深呼吸。这样就能调整整个消化系统，防止脂肪堆积。尽管丈夫一直持怀疑态度，她还是无视丈夫的意见。美容嘛，就得先从相信效果开始。

卧室的门开了，女儿奈绪探进头来。“妈妈，后天是带便当的日子。”

“那就跟山本阿姨说一声，让她提前买好食材。”白木香一边回答，一边仍保持着瑜伽的姿势。山本阿姨是住在家里的保姆。“对了，你怎么还没睡？快去睡。”

“是。”女儿乖乖地回去了。奈绪是白木香的独生女，今年开始上著名的私立小学。白木香一直没让她接触媒体。她要坚决保护自己的私生活。

不一会儿，丈夫从公司回来了。丈夫是一家大型广告代理公司的上班族，这一点她也一直跟媒体保密。“我回来了。”他只露了露面，然后就进了自己的房间。

白木香夫妻的卧室是分开的，因为她现在已经是女明星了，终究无法像一个普通的妻子那样过日子。而且睡眠很重要，一个人单独住一个房间会睡得更香。

完成了睡前的所有仪式后，她把利于放松五感的香壶放在一旁，钻进了被窝。电灯全都关了，因为杂志上说，光线越暗，越有助于分泌荷尔蒙。

她闭上眼平复心跳。又忙了一天，拍戏、为女性杂志拍封面，还参加了广播电台的公开节目。所到之处都受到皇族般的待遇，每天都有人送上花束。

明天是什么安排来着？肯定是类似今天的日程，在摄影棚的灯光下对着镜头挤出微笑，回答记者的采访，朝着粉丝们挥手致意……

对了，得赶紧睡。睡眠不足可是肌肤健康的大敌。年轻时倒无所谓，可到了现在这个年龄，睡眠不足会立刻体现到皮肤上。

她翻了个身，用羽绒被捂住头，开始数羊：一只羊、两只羊……

说起来，今天，女高中生们隔着摄影棚的玻璃说自己“好可爱”。想到这儿，她不禁扑哧一笑。一个四十四岁的女人被十多岁的女孩如此评价，在日本是绝无仅有的吧。

遇见的所有人都夸自己“真漂亮”“真年轻”。从在东京歌剧团的时候起，美貌就一直是白木香傲人的资本，而最近这资本似乎又升级了。准确地说，她是第一次被这么热捧，似乎已经成了万众瞩目的当红明星。

对了，不能胡思乱想。二十二只羊、二十三只羊……

明明很疲劳，可大脑却一点困意也没有。大概是今天没去健身房的缘故。只要有时间，白木香都会努力健身。如果不加强肌肉锻炼，胸部和臀部就会下垂，基础代谢也会降低。

完了！不应该去做那个无聊的广播电台节目，如果把这些时间都用在健身上的话……六十五只羊、六十六只羊……

睡魔还没有降临。难道是香用得不对？她决定起来换一换熏香。她选了一种镇静效果更强的，往纸巾上滴了几滴，放在床头柜上，然后再次进入睡眠状态。

可还是睡不着。她停止了数羊，觉得心里很乱，“啊——”地叹了口气。这样也太浪费时间了。

算了，还是想想美容的事吧。刚才发现的皱纹能不能用化妆掩盖起来呢？摄影棚里的拍摄随便怎样都能应付过去，麻烦的是在自然光下的外景拍摄。一旦遇上笨手笨脚的摄影师，肯定会毫不在乎地把女明星晾在直射的阳光下。

前几天，某杂志拍的封面照片就很差劲，惨不忍睹，她当即弃用。因为脖子上的皱纹让她深受打击，一不小心就暴露了真实年龄。

她裹着被子，心情郁闷。自己的年轻和美貌究竟能维持多久呢？

她把手伸到身后，捏了捏自己的屁股，十分松弛。这让她的心情越发郁闷。看来不健身就是不行。

白木香睁开眼，下了床。卧室里放着健身自行车，以备随时之用。她穿着睡衣骑上自行车。与其白白浪费时间，还不如流点汗呢。肉体上疲劳了，说不定就能睡好。

她一面盯着测量卡路里消耗量的显示器，一面蹬着踏板。汗珠顿时一滴滴流下来，滴落在地板上。

第二天早晨，白木香的心情很差。过了凌晨四点，她才终于睡着，还没解乏就迎来了早晨。或许是骑健身自行车的做法反倒让身体更清醒了。白木香咒骂着自己的愚蠢。这道理是明摆着的，真是猪脑子。

身体绝对是诚实的，没有睡好，皮肤很难上妆，头发也不好打理。

山本保姆准备的早饭只有沙拉和酸奶，白木香后来又喝了很多补品。女儿和丈夫早就出门了。

“对了。奈绪的便当，你就做汉堡、煎蛋卷、焯菜花和圣女果吧。老样子，就说是我帮你打的下手。”

“知道了。”

这无非是一个加深母女关系的小谎言。连奈绪背的托特包上的嵌花都是白木香给“缝”上的。

公司包租的汽车来接她，她钻了进去。副驾上坐的是小跟班久美，一旁则是社长稻田光代。“稻田推广”是一家小型艺人经纪公司，大半员工都形影不离地跟着白木香。

“社长，昨晚没睡好。因为半夜骑健身自行车了。”

白木香吐着苦水。她全心全意地信赖比自己年长十岁的光代，和他无话不说，甚至比跟丈夫的关系还亲密。

“又骑了？”光代瞪大了眼睛，“为什么？有心事？”他一脸严肃的神色，靠过来。

“眼睛下面出现了一条皱纹。”

“哪儿哪儿？”光代仔细端详着她的脸，“哪儿啊？我怎么没看出来。”

“这儿。”白木香用手指戳了戳。

“这个？这么小，得用显微镜才能看得见，根本不用在意。”

尽管知道对方是在安慰自己，她还是很受鼓舞。原来，女明星的生存离不开周围的鼓励。

“可是，化妆化不好，皮肤也觉得粗糙。”

听白木香这么一说，光代一时陷入了沉默。

“……今天有《COSMOPOLITANY》的采访，要不就取消了？”

“能取消？”

“没问题。毕竟是他求着咱们。”

光代摸出手机，立刻拨打了回绝的电话。他撒了个谎，借口说“拍戏延后了，档期排不开”。一旦中止拍摄，会给摄影师和设计师带来麻烦不说，有时候还会产生违约费。不过光代的态度一直很强硬，白木香也没觉得有什么不好。如果老让人牵着鼻子走，就会被人抓住把柄，所以她一直通过光代明确表达自己的意思，该拒绝时就拒绝。

女明星没有一个是软弱的。就算有，那她身边也都会跟着一个恶魔般的经理人，绝无例外。光代就是一位无可挑剔的经理人。

“不过，睡眠不好还真是个麻烦。人的睡眠节奏一旦被打乱，是很难恢复的，要不干脆弄点精神安定剂之类？”

“我讨厌药物。”

“没事。轻微的药物既没有副作用，也不会上瘾。像你这种情况得及早干预才对。喂，久美，你赶紧去一家医院开点安定剂来。自己适当地编个谎，就说晚上睡不着。”

“我乐队的一个成员就在这附近一家医院的精神科当护士，要不我到那儿开点吧。”久美说。

“正好。那就拜托你去一趟。”

光代让车子停下，把年轻的久美打发到医院。虽然有点强制的意味，可白木香还是有一种颐指气使的快感。周围的人把一切琐事都承包了，女明星就可以专心应付演出的事。

这一天，白木香先要在市内的排练场对台词。这是一部两小时的恋爱剧，当然，白木香是主角。

一到场地，电视台的制片人就跑过来弯腰行礼。

“辛苦了。天气湿乎乎的，这季节真讨厌，啊哈哈。”制片人讨好似的笑着。

哦，没想到早就进入梅雨季节了。自己每天忙忙碌碌，连节气变化都没注意到。

进入排练场后，白木香热情地跟导演打招呼："小林导演，你可不要欺负我哟。"

"开玩笑。只要你不欺负我，我就烧高香喽。"

最好跟导演搞好关系，毕竟女明星是靠人家来捧的。

白木香跟老演员们打完招呼后，坐到了自己的座位上。接着，年轻人和大批演员依次到白木香跟前来问候。大家都神情紧张地向她点头致意。一瞬间她感慨万千，原来自己也熬到了这一步。

只有一个人——川村琴美无视白木香的存在，独自在座位上读着台词。她跟白木香同龄，是一名女大学生偶像出身的女演员，也曾是电视剧和广告争抢的红人。白木香当时就多次受过她的刁难。

从气场中就能感受到她对白木香的对抗。当然，白木香并没有意识到这一点，因为她现在名气更大。

作为一个胜利者，白木香决定主动去跟琴美打招呼。

"川村姐，这么晚才跟你打招呼不好意思，这次能跟你一起拍戏，我深感荣幸。"白木香点头致意，恭敬地微笑。

"啊，不，客气了。"川村琴美的脸一下红了，看起来有点措手不及的样子。

"您可得好好教教我。"

"啊，好的……啊，不。"大概是一时没反应过来，琴美前言不搭后语。

走开以后，白木香用眼角的余光打量着脸颊直哆嗦的川村琴美。跟昔日狂傲的女明星叫板，感觉真是爽快极了。嘻嘻嘻，白木香不禁窃笑起来。

对台词是以白木香为中心进行的。大概是睡眠不足的缘故，她的声音有些沙哑。日常生活中的一丁点变化就会影响嗓音。算了，只是一场普通的彩排而已。她安慰着自己，继续读台词。

到午餐时间后，电视台那边送来早已备好的外卖便当。便当是以油炸食品为主的高热量食物，所有人的份儿都摆在桌子上。久美立刻拿着小托特包跑过来，包里装着特意让营养师做的几份健康便当。

“还有，我去医院把药开回来了。饭后吃。”久美压低声音在白木香的耳边说。

“是吗，辛苦了。”

“不过作为代价，挨了人家一针。”

“怎么回事？”

“不清楚。那儿有个精神科的胖医生，听说特别喜欢打针。那个做护士的乐队成员还恫吓我说‘你就从了吧’。”

“好了，这些莫名其妙的话就先别说了，总之谢谢你。”

白木香正要在演员们围着的桌子前坐下来，却发现川村琴美打开了自己做的便当。里面的东西很少，只有一份沙拉、醋拌凉菜和一个小饭团。

“川村，这么点哪儿够吃的？”一名年长的男演员惊讶地说。

“唔，没事。我早就计算过卡路里了。”

“嗨？原来保持年轻的秘诀就是节食啊。”

“一旦禁不住肉食和甜食的诱惑，就会像我们一样鼓出大肚子来的，啊哈哈。”

大家借着川村琴美的便当七嘴八舌地议论起来。她最近才出了一本抗老化的书。白木香也随手翻过，发现里面只有一些关于健康饮食、美容体操、思想准备等无聊的内容。川村琴美也是以“四十多岁仍然年轻”为卖点的。

如此一来，白木香就更不好往外拿自己的便当了，因为她的便当热量更低，而且她也不想跟这种女人相提并论。

“哟，看上去好香啊。”白木香瞧着大家正吃的外卖，兴奋地说。她并没有接久美递过来的包，而是把手伸到身后，偷偷地推了回去，嘴里还跟大家说：“我也来一份。”

她坐下来，打开盖子，大口地嚼着炸虾，还一边吃一边向周围抛洒着笑脸，嘴上说着“真好吃”，内心的紧张却骤然涌上来。

“白木姐居然敢吃这个？”男演员意外地说。

“嗯，我就喜欢炸虾和炸猪排之类。”她一边说一边还不忘吃一口米饭。

“这么能吃，身材却一直很苗条，从来没见你胖过啊。”

“我也不清楚啊。一定是体质的原因吧。”

白木香从容地说。川村琴美阴沉着脸。

“白木姐可是在东京歌剧团待过，一直通过跳舞来锻炼，基础代谢肯定高。”

导演煞有介事地分析着。大家全都认同地点点头。

怎么可能呢。油炸食品，我一个月才吃一次——

“什么都不用做就可以永葆年轻的人，偶尔还是会有吧。”

真会有这种人吗？大家肯定都在背地里玩命地锻炼呢。

“赤坂有一家超好吃的炸猪排店，下次就从那儿订便当吧。”

“好啊，好高兴哦。”白木香像少女似的把手合在胸前。

这只是句客套话，肯定不会真从那儿订的。她在心里咒骂。

一旦吃了第一口，后面就没有退路了。白木香一面强作微笑，连连说着“真好吃、真好吃”，一面在心里流着泪吃完便当。久美则一脸失望地呆立在排练场的角落。

下午对台词的时候，白木香心神不宁。因为她实实在在地感受到刚吃下去的油炸食品已经消化，并且融入全身。遇到久违的脂肪后，那些饥渴的细胞肯定正在争先恐后地抢食。这跟相扑运动员个个体形肥胖的原理一样。他们都是饿着肚子练习，饥渴到极点后再一口气摄取营养的。

想到这儿，她焦虑起来。那个便当究竟有几千卡呢？一个炸虾，两块里脊肉排，米饭至少有二百五十克，还有炸猪排沙司和蛋黄酱……绝对超过一千千卡了。于是，手指尖便禁不住发起抖来。

“白木姐，你怎么了？这儿该是你的台词了。”导演提醒着。

“抱歉，刚才走神了。”她强装笑颜，读起台词。

糟了！即使在这个空当里，脂肪也仍在不停地往体内渗透。增加脂肪容易，减掉却难。白木香坐立不宁，不由得站起来。

大家一齐抬头看她。“怎么了？”导演很诧异。

“我可以站着读吗？”白木香说，虽然脸在发烫，可她还是假装平静，“瞧，光这么读没气氛的。”

“嗯，也行。”

真想早点消耗掉一千卡啊，坐在那儿只会长肉。

“可你不是说过了吗！”她带着肢体动作，大声地读着，“我、我，我一直都在等你啊！”她完全融入了角色，开始在排练场里来回走动。

男演员也叹服地陪着她走起来。于是，其他演员也陆续站起来。

汗水很快冒了出来。发挥演技也会消耗热量的。这样至少可以消耗一百千卡，就等于自己少吃了一个炸虾。就像在舞台上一样，白木香不断地加入动作。

对完台词后，老演员们都赞不绝口：“白木姐不愧是专业人士。”年轻人则全都投来尊敬的目光。

“抱歉，我有点笨，掌握不好分寸。”她编了个借口搪塞过去，这才没引起别人的怀疑。

“这也是一段不错的小插曲嘛，我一定要把它用在节目宣传里。”制片人也激动地说。

请一定用这个片段，顺便再把我跟大家一起吃光外卖便当的情节也宣传一下。

在影视界，芝麻大的小事就会引起轰动，转眼就会被登上周刊杂志，所以每天都不能掉以轻心。

跟工作人员打完招呼后，白木香迅速离开了排练场，钻进待命的汽车，然后一把抱住正在车后座看电脑的光代。

“社长，不好了，为了争面子，我把外卖的便当全吃了。”她像个孩子似的哭诉道。

“傻瓜，我不是早就让人把营养师做的便当带过去了吗？”

“可是，川村的便当跟我的一样，我实在没办法打开。”

“真拿你没办法。”光代关上电脑，转过身来，“不过，女明星就是这样。当你没面子的时候，就是你从主角竞争中退出来的时候。”

光代的安慰又让白木香鼓起了勇气。一个在顶层混的人需要的，就是能肯定自己一切的人。

“那我得赶紧做那个。不是一直放在后备厢里吗？”

“放是放着，可你在哪儿做？”光代发愁地说。

“随便哪儿都行。停车场也行，大楼的逃生楼梯间也行。”

“又要玩这个？不行啊。人多眼杂，你就不能等到回事务所？”

以前白木香就曾在多摩川的河岸这么搞过。光代十分担心，怕被别人看到。

“到六本木起码要花三十分钟吧？如果堵车的话，花的时间会更多。人还没到那儿，热量早就变成脂肪了。”

白木香坐卧不宁，甚至直接在车座上做起了抬脚运动。

“明白了。那就在酒店的房间弄吧。那儿也不会被人看到。”光代命令着副驾上的久美，“你在附近找家酒店。”

“这儿可是世田谷啊，连商务酒店都不好找。”久美回过头来，眉头紧蹙。

“那就找个卡拉 OK 包间。”

“要不干脆去我刚才去的那家医院怎么样？就在前边。护士是我朋友，医生也是院长的儿子，虽然人有点怪怪的。”

“能借到场所吗？”

“精神科的诊室在地下室，而且貌似很清闲。”

“精神科……”光代陷入沉思，“那地方可靠吗？”

“听说院长是日本医师会的理事。他那个儿子很狂妄。”

“知道了，那就去那儿。我去跟他谈，白木，你稍微忍一下。”

即使在二人对话的过程中，白木香仍在继续上下抬脚。渐渐地，她气喘吁吁，心情也高涨起来，整个身体就要进入燃烧脂肪模式了。

2

到那儿一看，原来是一家大医院，门口挂着“伊良部综合医院”的牌子。久美把后备厢里一个貌似展开翅膀的独角仙的器具扛在肩上，那是时下流行的踏板式健身自行车。

三个人慌慌张张地跑着，钻过医院的大门，从挂号处直接来到地下。由于太招摇，连医院的工作人员都没有过问。地下室黑乎乎的，四处弥漫着一股药品的气味，没有人影。“就是这儿。”久美指指一块写有“精神科”的牌子，连敲都没敲就推开了门。

“真由美，求你件事，这房间能不能暂时借我一下？”

久美用一只手做出祈求的姿势。白木香往里一瞧，只见那位叫真由美的护士正在躺椅上用指尖弹着吉他，超短的白大褂下面露着大腿。

“啊？”护士懒洋洋地抬起脸来，低声问了一句。

靠里的桌子旁边，有个身穿白大褂的胖男人面朝里，正在贪婪地吃着什么，闻声回过头来，嘴边沾满了奶油点心渣。

“啊，是上午来过的久美啊。又想打针了？”

对方用尖利的声音说道。白木香的视线无意间落到他胸前的名牌上，上面写着“医学博士　伊良部一郎”。

“您就是伊良部大夫吧。”光代走上前问道，“我是稻田推广事务所的稻田，其实，我们有个不情之请……”

说着，他跑到呆然若失的医生身旁，小声解释原委。在这期间，白木香仍然继续做跑步动作，因为她不想让有氧运动前功尽弃。

“真由美，让他们搞搞这个吧，去那边的角落就行。”

久美立刻把健身器械搬了进来。

“啊，你脑子没问题吧？”真由美问。

“那个，这位就是我跟的女明星白木女士。”

“我知道。最近有点怪怪的，你以前就说过。”

“喂，你想让我失业吗？”

久美瞪了真由美一眼，急忙把帘子后面放注射台和小推车的地方清理一下腾出空间，把健身器械放进去。

“白木姐，请在这儿将就一下吧。啊，这儿还有病号服呢，顺便也换上吧。肯定会出汗的。架子上的毛巾随便用。我们在旁边等你。”

“我说，你也太随便了吧，在别人的工作场所乱搞什么？”真由美责问道。

“没事，就这么点小事。你忘了，上次我还从电视台的服装部给你拿了一套舞台用的绑缚用具呢。”久美毫不示弱。

两个人不知不觉争执起来。伊良部插进来打圆场。

“什么什么？这东西是什么啊？”

就像孩子见到玩具一样，伊良部两眼放光，兴趣盎然。

“大夫，我有话要跟您说……”光代扯扯伊良部的袖子。

"啊，我知道这东西。在深夜的电视购物上经常看到这玩意儿。喂喂，让我玩玩，让我玩玩。"

伊良部快步上前，骑上自行车。可是他不会掌握平衡，刚上去就掉了下来。

"该死，没想到还挺难的。"他不肯罢休，又尝试了几次。

"喂，你闪开。"白木香不由得提高了嗓门，"我很急的。现在是紧急情况。"她一把拉下伊良部，推到一边。

"大夫，不好意思，我们只用三十分钟……"光代低头致歉。

"可我也想玩。"伊良部嘟着嘴。

"喂，真由美的老板，你还能正经点吗？"

久美用时髦的语调说。

"久美也真是的。搁在别的医院，早就该叫保安了。你就感谢我吧。"

真由美一面咕唧咕唧地嚼着口香糖，一面探出下巴。

"大夫，咱们先到那边去谈。"额头冒汗的光代把大块头的伊良部推到了一边，随手拉上帘子。

尽管弄得一团糟，可白木香毫不在乎。总之，只要能让她放心地燃烧脂肪就行。她迅速换上衣服，骑上健身器械。

她挺直后背，有节奏地踏着踏板。器械带有液晶显示屏，不断显示着脚踏的次数和消耗的热量。她想在三十分钟内蹬上两千次。这样就能消耗掉大约二百五十千卡。那就相当于中午的便当有四分之一没吃。

她前后挥着胳膊，把注意力集中到身体各个部位。首先是臀部。只有浑圆上翘的臀部才是年轻的证据。继而是腰围。作为一名女明星，绝不能让赘肉从低腰的牛仔裤里挤出来。

一二、一二……她忘记了一切，专心健身。她能感觉到身体很亢奋，所有细胞都在一齐朝着美丽努力。

约好的三十分钟转瞬即逝，白木香全身冒汗，病号服都湿透了。她气喘吁吁，心怦怦跳，却毫不疲累，因为充实感战胜了一切。

“久美，有没有淋浴的地方？”白木香拉开帘子问。

“喂，真由美，借淋浴用一下，这儿肯定有吧？”

“你是不是傻啊，脸皮也够厚的。”真由美沉着脸，不屑地说。

“别这么抠门好不好。多让你打几针，让你多赚点还不行？”久美反驳说。

“完了？完了？那轮到我了。”伊良部再次满脸高兴地凑过来。

“大夫，不好意思。有淋浴的话，想借用一下。”光代死缠烂打地央求着。

“太平间旁边的洗碗处随便用。最上层豪华间的淋浴要收费。”

伊良部悠然地说。白木香当然选择豪华间。

真由美的脸拉得老长，把白木香领进一间酒店套房般的病房的浴室。痛快地流汗后，白木香这才缓过气，全身也放松下来。

幸亏自己任性地做了健身，否则肯定到晚上还心神不宁。

白木香穿上高档浴袍，从病房的窗户眺望着城市。远处是市中心的高层建筑群。脚下则是高级住宅区，一座座雅致的民房并排铺展在眼前。梅雨季的东京，天空覆盖着厚厚的云层，一副风雨欲来的样子。

看到这些，白木香的大脑一下子清醒过来。

咦？我怎么会在这儿呢……

她不由得皱起眉。

直到刚才，自己还在拼命地蹬健身器来着，在一个初来乍到的医院的诊室里……好像还对医生说过脏话……

脊椎末端顿时一阵发冷。

或许，我真的是有点怪怪的……

白木香呆立在那儿，半晌一动不动。

白木香情绪低落地回到地下的诊室，光代正眉头紧皱地等着她。

“我好像做了件丢人的事。”她哭丧着脸冲光代倾诉。

“没关系，因为我们得到大夫的同意了。”光代像一位慈祥的母亲一样拥抱着她。

伊良部正在房间中央的健身器上玩闹。只是他怎么都蹬不好，身体直摇晃，看来运动神经有点差。

“嘁，这玩意儿一点都不好玩。”他嘟着嘴下来。“那，难得来这么一趟，就打一针放松放松心情吧。喂，真由美，要大号的。”他晃着胳膊说。

真由美板起脸，用托盘端来一套注射器具，拿起一个特大号的注射器。

“那个，这东西是要给我打吗？”白木香还没明白过来是怎么回事，就被按到了凳子上。

“没事，一会儿就好。”伊良部抓起她的胳膊，用胶带绑到注射台上。她还在发愣，针头就扎进了胳膊。

“疼疼疼。”白木香龇牙咧嘴。伊良部则探出身子，兴奋地注视着注射的全过程。真由美敞着衣襟，乳沟一览无遗。这让白木香的大脑愈发混乱。

打完针后，伊良部坐到单人沙发上，开始吃奶油泡芙。

“这是让帝国大酒店送来的，白木小姐也尝尝？”

“不，不需要。”白木香不知所措地拒绝了。

“不喜欢甜的东西？”

“现在不想吃。”

“这样啊。女人不是任何时候都愿意吃甜食吗？瞧我。”

伊良部露出牙龈，展示着嘴上的点心渣。“打住。”白木香严厉地反击。

“当女明星可真累啊，想吃什么还得忍着。”伊良部舔舔粘在手指上的牛奶蛋糊，“因此，白木小姐一想到美容的事，就迷失自我了，对吧？”

白木香看看光代。光代耸耸肩，抢着说：“白木，我看你最近有点神经过敏，就简单跟医生咨询了一下，仅此而已。”他有点尴尬。“我还有很多电话要打，那我去车上等你了。”说完便逃也似的离开了诊室。久美则乖乖地跟真由美坐在长椅上。

“啊，要说怪的话，我是有点怪。”白木香坦率地承认。人在丢丑后总会有点心虚，“我都四十四岁了，要是什么都不做，身体肯定会不断衰老下去。一想到这些，我就坐卧不宁。”

“真的假的？白木小姐都四十四岁了？看着很年轻，原来比我大七岁啊。”

伊良部一面挠着腆起的大肚子一面说。大七岁？也就是说……这个人才三十七岁？绝对不像。他看起来至少有四十七岁。

“虽然我这人显年轻。”

“啊，是吗？”白木香不想跟他纠缠，勉强附和着。

“总之，既然你已经认识到这个问题了，那就不要紧。在这个世界上，意识不到这一点的人才是最奇怪的。”

嗯，没错，就跟你本人一样。白木香想。

“顺便问一下，白木小姐都进行过哪些努力？像刚才那样每天都在健身？”

“是倒是……但也不是重体力劳动，也没有特别节制饮食。”

“那就尝尝这个。尝尝啊。”伊良部再次把点心塞到她面前。

“我刚才已经说过了，我现在不需要。”她的嗓门不由得大了起来。

“从电视上看，白木小姐还是很自然的，跟以前没什么变化，也不像其他艺人一样拼命往年轻打扮。”

你这不是挺了解的吗？白木香略微恢复了勇气——自己之所以获得广大女性支持，就是因为自己看起来并没有拼命打扮的缘故。

“我觉得努力也无可厚非，不过人还是要接受年龄的。如果体形不自然，看着就会很不舒服。”

“没错。我也是保持自然的体形。自然的体形才是最好的。”

“啊，是吗？”白木香很无奈。拜托，别跟我相提并论好不好。

这时，真由美在后面喃喃地说：

“自然的体形？别丢人好不好？”

“喂，你说话能不能注意点，你以为她是谁啊。”久美低声反击。于是，二人又叽叽喳喳地吵了起来。

“我只是说出了心里话而已。你也别装了。”

“我哪儿装了？”

“一个搞朋克摇滚的女人给艺人做跟班？”

“你不要乱评价别人的生活好不好。”

“讨厌讨厌，我最讨厌出卖灵魂的女人。”

“真由美，咱们去外面谈。”

“好啊！”

两个人离开诊室径直走了，教养之低下让白木香无言以对。难道这就是年轻？她叹口气，用手按着脸颊。哦，不行，淋浴后没有抹乳液。接下来还有工作呢。

“大夫，告辞了。给您添麻烦了。”

“嗯，欢迎再来。”伊良部在沙发上盘着腿，打声哈欠，“我说，白木小姐，你要不要试着变胖一下？”

走到门口的白木香回过头来。

“你从来没胖过对吧，经历过一次后就不怕了。人啊，总是对未知的东西充满恐惧。”

伊良部说完，像电影中的汉尼拔·莱克特博士一样咧开嘴笑了。

白木香离开诊室，并没有回答他。她爬上楼梯，走出医院，钻进在大门前等待的车子。

“怎么样？轻松点了吧？”社长说。

“喂，社长，你胖过吗？”

“不好意思，跟你相比，我现在就很胖啊。”社长板着脸。

这样啊，我从没有胖过。胖到底是一种什么感觉呢？正因为不知道是什么感觉，所以才会害怕。要不就真的试着胖一下？伊良部的话一直萦绕在白木香的耳畔。

3

这一天，电视台的人一大早就缠着白木香。周日夜晚受欢迎的节目《热血大陆》要对她进行一天的密集采访。“哎？连素颜都要拍？”尽管白木香装出一副不感兴趣的样子，内心却未必不乐意。能被这档节目盯上，就等于人们承认自己是“现在最红的人”。

光代很兴奋。旗下的艺人要升值，他当然无比振奋。广告赞助商也很高兴。光代主动找到导演，仔细推敲究竟该让他们拍哪些场面。

首先是在市中心某大酒店的豪华套间，白木香正参加一部摄影集的拍摄。现场有十多名工作人员，大家全围着她一个人转。

白木香穿上礼服靠在床上。快门声在房间里此起彼伏，电视台的人则在后面拍着录像。

像这种摄影五天左右便能完成，然后再配上简单的散文和诗句，做成一本书。这样的东西每次都能成为畅销书，所以说，这个世界果真是当红者的天下。白木香有时也会想，假如自己是个名不见经传的家庭主妇，能忍受得了这种不公平吗？

“这个角度显示不出白木的优点，最好是再加强一下灯光。”

光代一面检查着照片，一面提出详细的要求。

“社长，人家都是专业的，交给人家不就行了？”白木香装出一副漠不关心的样子，对照片看都不看。“抱歉哦，呵呵呵。”她还做出一副可爱的样子，向周围抛洒着笑意。

因为有光代替自己做恶人，所以自己能永远做个好女孩。这一幕播出来的时候，一旁肯定会配上一句“白木根本不在乎别人怎么看自己”的台词。呵呵呵，正中下怀。

中间休息的时候，出版社的高层人士递给她一块蛋糕。

“哇，我最喜欢甜食了。”白木香冲着摄像机忸怩作态。

傻瓜，怎么能递给我这种东西呢——她在心里怒骂。摄像机一直在运转，所以她不得不拿起叉子。

她跟工作人员围着桌子，大口地吃着草莓蛋糕。甜食她也是一个月只能吃一次。

“白木姐，你连甜食都不加控制？”相熟的发型师意外地问。

“没错。这就是我的性格，想吃就吃。”她甜甜地回答。

跟前一天的情形如出一辙。光代和久美在房间的一角愁容满面。

“白木姐，如果不介意的话，连我这份也吃了吧，我不喜欢甜食。”摄影师把一块蒙布朗蛋糕放到她面前。

妈的，你自己没长嘴啊——尽管心里在骂，可她还是本能地假戏真做，“真的？我太高兴了。”

“不行啊，不行不行。”光代神色严肃地跑过来，“白木小姐，我们有约定的，甜食最多一天吃一次对吧？各位，请不要再给白木甜食了。”

光代一把夺过蛋糕，放回盒子里。白木香十分感激光代这一系列漂亮的动作。

“真过分，我就像日光的猴子一样。甜食可是女人精力的源泉呢。”

白木香刻意冲着摄像机，嘟起可爱的嘴巴。

嗯，这一幕也不错。解说词一定是“白木对食物也不关心”。不过，自己还是吃掉了蛋糕，连砂糖块之类的东西都没放过。

拍摄重新开始，她换上另一套服装站在高楼的窗边，做出一副忧郁的表情望着外面。灯光从身后打过来，她的影子映在窗玻璃上。

自己的脸清晰地映在眼前，眼下面一条皱纹清清楚楚地露了出来。啊，是上次发现的那条皱纹。这个笨蛋化妆师，灯光暗下来，不就一下露馅了吗?

她岔开目光，可针织衫袖子底下粗壮的上臂再次映入眼帘。这次穿的是年轻人的服装，并没有对外形进行处理，西裤也是鼓鼓囊囊的。

就像喝过了酒一样，白木香的胃里突然开始发热，她感到糖分正渐渐地向体内渗透。

她的脸上逐渐失去了血色。不行，照这样下去，刚才吃的蛋糕又要变成赘肉了。必须想个办法才行。

不，不可能刚吃下去就变胖，没有这种道理，肯定是自己想多了。

她拼命安慰着自己。尽管如此，焦躁感还是慢慢从身体中涌上来。

“好的、好的，就保持这种悲戚的表情。”摄影师说。

她没空理睬对方，再也忍不住了。

“我说，接下来就拍那种让人眼前一亮的照片吧。”当快门停止的时候，白木香甜甜地说。

“眼前一亮？”

“比如，一名十七岁的少女第一次住进一流酒店的豪华套间，无比激动无比兴奋，一个人兴高采烈的那种情形。”

“那个……可分镜头剧本里没有啊……”摄影师一头雾水。

“那就算即兴拍摄吧。呀吼——”

白木香随即来了个助跑，一下子跳到特大号的床上。回过神来的摄影师再次架起摄像机，白木香在床上蹦跳着，快门连连响个不停。

她把枕头扔到墙上，枕头弹回来后，她再一脚踢飞。头发乱了也毫不在乎，她只顾着乱蹦乱跳，还“呀”“咻”地不断怪叫。

经验丰富的工作人员把背景音乐换成了流行音乐，还加大了音量。白木香便合着拍子跳了起来。

“啊，对了。我还会踢踏舞呢，你们想不想看？”

“那个……好啊，那就跳跳看。”

摄影师苦笑着说。或许只是出于礼节吧，周围的工作人员也都面带微笑。

白木香换上舞鞋，在宽敞的浴室里迈起了舞步。清脆的声音回荡在大理石地面上。她的步法绝对是专业级的。因为在歌剧团学过，跟艺人业余级别的才艺就是不一样。

"真不错。"

"是吧？"她很得意，继续跳着舞。

电视台的人也拍了起来，似乎对这意外的一幕很兴奋。他们会配上什么样的解说词呢？要是"白木是个淘气女孩"之类的就好了。

"OK，今天就到这里收工吧。辛苦了。"

摄影师说完，工作人员一齐鼓掌。

可白木香仍然没有停下来。因为持续的有氧运动，她的身体已进入脂肪燃烧状态。如果就这样停下来太可惜了。

"白木，收工了。"光代走进浴室。

"再跳会儿。"

"你怎么回事？摄像机还在转着呢。"光代小声嘀咕。

"那就让他们在外边等着，我再有十分钟就搞定了。"

白木香没有停止舞步。她知道大腿和腰部的肌肉都紧张起来，紧绷绷的，注意力也随之提高。

"哦呵呵呵，请大家到前厅稍等一下。白木好像获得了一种新舞步的灵感。"光代满脸堆笑，找着蹩脚的借口，"下次晚餐表演节目还会展示舞蹈哟。”

摄影人员和电视台人员面面相觑。光代硬是把他们轰出去，闭上门。

“白木，别太过分了。”光代红着脸喝道。可白木根本不理他，继续跳着。

汗珠流淌下来，快感涌起，身体也兴奋起来。这样一来，半块蛋糕的热量应该被消耗掉了。

最终，白木香连续跳了二十多分钟，顺便还冲了个淋浴，然后裹上浴袍走出浴室。脸色难看的光代和久美就在外面。

“大家全都撤了。”光代叹息着说。

“真的？”白木香的心口忽然一阵刺痛。房间里只剩自己人，她低下头，叠着被汗水濡湿的衣服。

“对不起。”她上前道歉。

“唔，没事。”尽管在摇头，可光代的笑容却很僵硬。

白木香很沮丧。人家没提要求，自己就当着众人的面狂舞起来。事后想想，还真是挺奇怪的。

“为什么一块蛋糕就让你失控了？你不会胖的，你原本骨架就很小巧，不用担心。”

白木香默默地嘟起嘴。真是这样就好了，可自己就是害怕。

“下面该去伊良部医生那儿了。”

“哎？我不去。那个医生很奇怪。”尽管白木香觉得自己也很奇怪。

“我后来听人说，伊良部大夫是《日本新闻》的前会长田边和LIVE FAST的安保社长的主治医生，所以肯定是位名医。”

“他们全都是怪人，臭味相投而已。”

“总之你得去一趟。”

来到酒店的前厅，只见《热血大陆》节目组的人员早已恭候多时。“啊，刚才那一幕拍得真好。”这些人也是表情僵硬地附和一句。

“接下来就是杂志的采访了吧？”

“不，这个计划紧急中止。我们要去一家熟人的医院，去听听医生的说明。”光代煞有介事地说。

“医生的说明？”

“白木刚接到一个以精神科医生为主人公的片约。她想在接片前了解一下精神科的情况，所以很抱歉，呃呵呵。”

光代真是个说谎的天才。不过，导演却请求采访这件事。

“拜托。我们现在的素材不够，而且，我们也想让观众了解一下女明星在背后做的那些鲜为人知的努力。”

光代觉得还是有好处的，便接受了他的要求。

“社长，连看病的情形也让他拍？”

“只是开头的时候简单演一下，让他拍一下就走人。”

光代不由分说地把白木香弄上车子。他早就用手机跟伊良部联系过了。

白木香心情忐忑地望着车窗外，看到一群放学的孩子正愉快地走在人行道上。

最近有好多天没陪女儿了。她叹口气。前几天接受某女性杂志采访时，自己还曾对抚养孩子的问题高谈阔论过。

连做母亲都能成为卖点，偶像还真是一种好买卖。其中甚至还有些人借着被人厌恶上位，真可谓一种特权阶层。所以，大家就你争我抢，谁都不肯放手。演艺界的竞争就是激烈的席位争夺战。

白木香是年过四十才走红的。虽说此前就已经是知名的女明星了，可她在四十岁之后才第一次迎来人生的大红大紫，仿佛一下被捧上了天。说到她走红的理由，就是“都人过中年了还那么年轻”，因为那些把美貌保持到四十岁的竞争对手全都掉队了。当然，这并不是白木香刻意追求的结果，而是她有舞蹈基础的缘故——这种年轻时的积累自然而然发展至今，就像是偶然的存款又生出了一笔意外的利息。

人生真是让人看不透。五年前，她绝对想象不到今天会走红。如果说自己的实力有十分，现在受到的评价就是一百分。虽然她心里并没有不爽快的感觉，却经常会害怕。

白木香在车上按摩着两颊，一面按摩一面默念着咒语：不要下垂、不要下垂……

来到精神科的诊室，只见伊良部正用发胶往后拢头发。他打着花哨的领结，穿着条纹西装，脚上还蹬着一双拼接皮鞋，俨然一个胖乎乎的贪吃人偶。

“电视台的摄像机在哪儿？在哪儿？”伊良部高兴地贴过来。

“随后就到。大夫，请一定按刚才在电话里说好的要点来演，演开头的十来分钟就行。”光代低三下四地祈求着。

“OK。就是向白木小姐介绍精神科医生的思想状况对吧？我很乐意。是《热血大陆》栏目？看来我要出名了。”

伊良部像个孩子似的兴奋不已。真由美则懒洋洋地在长椅上抽烟。久美在一旁坐下来，用胳膊肘戳戳她，“你也要好好配合哦。”

“《热血大陆》？丢不丢人？”真由美咕哝着，“就是周日晚上的那个解说特别烂的‘嗨翻天’节目？”

“喂，你能不能管住你的臭嘴啊。”

“上了那玩意儿有啥高兴的？”

“真由美，你还有完没完。世上的人可不都像你一样兴趣独特。”

“哦、哦，久美，你也走起金钱至上的路线了？”

“我算是发现了，我跟你完全不是一路人。”

“我也是。要不解散乐队？”

“行啊。”

两个人嘟嘟哝哝地争吵着。

电视台的人员赶来，打开灯光。伊良部笑容满面地在沙发上跷起短腿。

“大夫，精神科医生是一种什么样的工作？”

白木香有意冲着摄像机，像拉家常似的问道。

“这个嘛，首先得认真倾听患者的陈述，然后把握症状——”

“停！”导演插了进来，“大夫，能不能说得更通俗一点，很随意的那种感觉就行。”他弯下腰，提出要求。

“是吗？”

“对，跟平时那样就行。”

“那就先打针吧，呃呵呵——喂，真由美。”

“哎？打针？”真由美皱起眉喃喃自语，“往眼角上注射硅胶？”

“喂，你是不是存心找茬啊！”久美发怒道。

“真麻烦。这都是什么世道啊，什么时候把装年轻的大妈给捧到这种程度了？”

“你就不能忍忍？真由美，你早晚也会变成大妈的。”

“不会哟。”

“喂，那边的，你们能不能安静一下？”导演训斥着年轻的姑娘们，然后再次朝伊良部转过身来：“大夫，打针就算了，尽量用平常的对话就行。”

“平常……精神科医生的工作最终都是以患者为对象的。”

“对对，这样就行。”

“最近都是哪些患者比较多呢？”白木香问。

“这个嘛，比较多的，还是像白木女士这样的中年女性。那些拼命装年轻的大妈都害怕变老，实在受不了了，就跑到这儿来。差不多都是这种模式，啊哈哈。”

伊良部爽朗地笑着。白木香也想笑，可脸上的肌肉却很僵硬。

“从前，每个人都会毫无疑问地步入中年。可由于现在爱装年轻的艺人在电视上的曝光率高，所以中年女人们就会产生一种强迫观念。”

装年轻？当着一个四十多岁女人的面，哪壶不开提哪壶……

“不过，白木女士属于那种自然的体形。”

“嗯，是啊，是自然的体形，呵呵呵。”

怎么能谈这种话题呢？白木香生硬地微笑着。

“来了，自然体形。大妈们最爱读的女性杂志的免罪符。”真由美在后面咕哝。

“我真的生气了，跟你绝交。”久美低声说着，站起身来。

“我只是说出了心里话而已。”真由美不快地挠着头，懒得理她。

“那你见了胖子，就真的叫人家是胖子？”

“如果他本人自以为很苗条的话，我肯定会这么叫。帮世人纠正误解，才是真正的朋克，不是吗？”

“老实告诉你，就凭你写的那种歌词，你一辈子都别想出道，你用的全都是播放时禁止的用语。”

“你扯这些干吗？”

“我说你们俩，还有完没完？”看不下去的光代横眉立目地呵斥。

“人家在录像呢，真搞不懂你脑子里在想什么？”

“好，那就到外边去。”真由美努努嘴。

“真由美，你……”久美瞪着真由美。

二人杀气腾腾地离开诊室。电视台的工作人员都像见到外星人似的，吓得目瞪口呆。

“那个，大夫，刚才讲到哪儿来着？”白木香一面擦汗一面打圆场。自己为什么非得多管这种闲事呢。

“装年轻的强迫观念。”

“对对。那该怎么办呢？”

“做倒立就行。”伊良部轻巧地说。

“倒立？”

“总之，像脸蛋下垂之类，其实全都是引力作用的结果，只要反过来利用这个引力就行了。来我这儿就诊的患者，我全建议她们做倒立。”

“那个，这不是开玩笑？”白木香皱着眉问。

“唔，是真的。”伊良部当即说道，“如果不会倒立，倒吊也可以。”

白木香陷入了沉思。的确合乎道理。人如果在无重力的空间里过一辈子，屁股肯定就不会下垂了。都是地球引力在经年累月地拉拽着女人的肉，最终才让肉体崩溃。

想到这儿，她感到了来自上臂的重量。她抬起胳膊，看看上臂。原来在这一瞬间，胳膊上的肉也被往下拽了。接着她又用手摸摸脸，轻轻一托，肉就上去了。也就是说，平时脸上的肉一直都被引力操控着。

白木香忽然感到后背一阵发冷。这么明显的道理，为什么在四十四年的时间里都没有发现呢？

“那这倒立，每天要做多久？”

“一次两分钟，早中晚各五组。”

仿佛这数字有确切根据似的，伊良部言之凿凿。难不成他是名医的说法是真的……

白木香又心神不宁起来，全身的细胞都想要做倒立。

“大夫，我想试一试，能不能帮我扶一下腿？”

“嗯，没问题。”

白木香站起来，当场冲着伊良部开始做倒立。伊良部则帮她抱着腿。血顿时冲入了大脑。

“喂，白木小姐，你这是干什么？”光代慌忙凑过来，“摄像机正在拍摄呢。”他趴在地上，朝着白木香耳语。

“这想法说不定有道理。”白木香说。她感到臀部和胸部的确都抬升起来。

“别犯傻了。”

“社长，你就别管了。”

“大夫，你这是让女明星干什么呢！”

“你们不是说照平常那样吗，我只是照你们说的做而已。”伊良部漫不经心地嘟着嘴。

光代抱头思考了一会儿，朝电视台的工作人员走去。“今天的拍摄到此为止吧。白木一旦进入角色，就会进入忘我境界，呃呵呵。”

“这不是挺有意思的吗？”导演苦笑着说。

“不行啊，不行。后面的拍摄也要改日期。”

光代站在摄像机的前面，强行中止了拍摄。电视台的拍摄人员咕咕哝哝地抱怨着离开了。

做完五组倒立后，白木香觉得身体暖和了起来。全身的肌肉都在往上提，血液循环也变好了。她在地上仰卧了一会儿，仍然抬着腿。

“白木，你又迷失了啊。”光代疲惫地说。

“我现在已经无所谓了。”

“既然无所谓，顺其自然不就行了？”

白木香滚到地上，并没有回答他。的确如此。装出来的体形不可能是自然的体形。人的衰老，谁也改变不了。可自己是女明星，人们需要自己这份美丽。

“很累吧，吃偶像饭也不容易啊。”伊良部说。

吃偶像饭……在女观众们过分的期待和要求下，难道自己永远都要扮演年轻的白木香这个角色？

“大夫，请告诉白木，让她活得更洒脱一些。”

“那就让她尝试一下变胖的感觉？呵呵呵。”

“不是这个。”

要不索性真的试着胖一下？白木香在心里念叨。可是不现实，我的身体已经不是自己一个人的了，身后还跟着好多赞助商呢。

白木香久久地凝望着天花板。

4

有家法国名牌的银座店举办开业纪念庆典，白木香应邀出席了仪式。全东京的名人齐聚一堂。店前铺着红地毯，各家媒体齐齐等在这里。

这种场合无疑是对名人级别的一种考验。谁赢得的闪光灯多，谁就是大牌人物。

因为有孩子，白木香一般不参加这种聚会，但是她接受过这个品牌赞助的包和服装，决定偿还一下人情。

不过也不能掉以轻心。既然要抛头露面，就得注意保持形象。跟设计师仔细商量之后，她选了一件带有漂亮饰品的黑缎礼服，脚上不穿袜子。为了这一天，她精心打扮了一番。

往红地毯上一走，她完全淹没在了闪光灯的海洋里。哈哈哈。她一面在心底大笑，一面点头致意。“白木小姐，你是今晚嘉宾中最光鲜的。”光代激动地说，这让白木香心满意足。

在会场闲聊时，法国的总经理和银座店的经理先后过来跟她打招呼。她每次都会送上笑脸。看来还是影视女明星的地位高啊，跟娱乐节目的综艺嘉宾就是不在一个档次。

正当她跟一名熟识的设计师谈笑风生时，曾一起演出的女前辈过来打招呼。“哟，好久不见。”

两个人岁数也相近，亲密地牵着手。然后，白木香的目光钉在了对方的脸上。

咦，还在整形？她的脸蛋绷得极不自然，俨然像一块年糕。这女人从前就一直在修整鼻子和下巴。

“白木，你还是那么漂亮。”

“唔，哪里有前辈漂亮啊。”

不冷不热地应付了几句后，白木香走开了，这次是一个比她小五岁的女演员过来打招呼。“白木姐，好久不见。”对方穿着低胸礼服，向她点头致意。

哇，这一位是做了丰胸手术吧？你马上都四十了吧？你丈夫难道什么都不说？

“你永远都那么性感。”白木香恭维着对方。

“见笑了，我哪里比得上白木姐啊。”女演员嗲声嗲气地回答。

一对堪称酒会名媛的姊妹装模作样地经过。来了！白木香在心中叫着。那巨大的胸部和臀部让整个人看起来就像个机器人。这种人再过十年该怎么办？

正想到这儿，白木香看到一个年龄在二十岁左右，身体却异常消瘦的女艺人正郁闷地喝着红酒。那样子光看着就令人心痛。她大概是得了厌食症吧。虽然事不关己，她还是担心起来。

“哟，阿香姐。”一个从前专演小白脸的过气男演员拍拍她的肩膀。白木香不由得朝他的发际线看去。喂，大哥，你移植的头发都露馅了！

娱乐界完全是一场造假的博览会。为了掩饰自我，大家什么都愿意做。一般人无法理解这种强烈的自我意识和虚荣心。普通人的观念绝对是落伍的。如果没有某种错觉，一般人肯定爬不上通往明星之路的台阶。

或许，自己幸亏到这儿来了。她觉得自己来对了。

会场中央的人群中有个胖男人，原来是伊良部。咦？他怎么会在这儿？

白木香正打量着他，两人的目光碰到了一起。“呀，白木小姐，你还在做倒立吗？”伊良部举起手大喊。大家全回过头来。白木香慌忙跑过去，瞪他一眼，低声问：“你怎么会在这儿？”

“我一直都是他们的客人啊，我爸爸还是他们的股东呢。”

“啊，是这样啊。”白木香泄了气。

“伊良部大夫，您跟白木香小姐是朋友吗？”一个看起来十分悠闲的阔太太两眼放光地问。

“嗯，我是白木小姐的主治医生。”

“不是的。”白木香拼命否认。

“我跟白木小姐同岁。您能不能告诉我，怎样才能像您一样永葆青春？”

哎？跟我同岁？世俗中的四十四岁就是这副样子？脖子上有好多层皱纹哪。

“啊，其实我什么也没有做。”白木香微笑着摇摇头。

“白木小姐啊，她每天都带着健身器械，还做倒立……”

“大夫净乱开玩笑，呵呵呵。”白木香狠狠踩了伊良部一脚，让他闭嘴。

这时，在两小时电视剧[①] 里跟白木香一同演出过的川村琴美出现了。“晚上好。”琴美跟阔太太打着招呼，看来阔太太是她的资助人。

“好高兴，能被当红的两大美女围着。”阔太太十分开心。

川村琴美迅速扫了一眼白木香的服装，白木香也若无其事地回敬了对方一眼。

你输了，穿着丝袜就是对脚没自信的证据，呵呵呵。

---

①日本电视剧播放形式之一，特指晚上 9 点至 11 点播出的、面向中老年观众的单部电视剧。

白木香只打了个招呼就想离开，这时，一个装腔作势的中年男人端着盛满菜肴的盘子走了过来。

“我为美女们弄了些烤牛肉和肥生鱼片。”

“你真是个傻瓜。女明星怎么能吃热量这么高的东西？”阔太太责备着丈夫，“人家是要保持体形的……对吧？”

“给我来点。”川村琴美微笑着说，“烤牛肉和肥生鱼片是我的最爱。”说完，她马上拿着筷子吃起来。

哟，这么拼命。上次吃午餐时不是只有沙拉和一个饭团吗？

“你瞧，女明星的美貌真是神赐的。”丈夫得意地说。

“我也来点。”白木香无路可退，只好硬着头皮说，“嗯，好吃。”她也大口大口地吃起浇满沙司的烤肉来。

她与川村琴美四目相对，对方的眼里火星四溅。

用得着一次次和我较劲吗？我根本都没拿你当盘菜。

受宠若惊的男人们不断端来盘子。啊，不要——

白木香心里叫苦连连。看来自己还是太有奉献精神了，无论什么时候都想满足周围人的期待。

喂，你也不帮着解解围？白木香不停地向伊良部使眼色。也许是明白了她的意思，也许是觉得根本就没个这必要，反正伊良部也在拼命地吃。

终于完成任务，离开了是非之地。白木香不愿再跟人说话，干脆在墙边的椅子上坐下来。

啊，还是咬咬牙吃掉了那些东西。她轻轻叹口气，索性真像伊良部说的胖起来算了，说不定还能解脱呢。

伊良部还在吃，简直像一头冬眠前的熊。他把三根春卷同时塞进嘴里，博得女人们阵阵掌声。看来他真的是个傻子。

一位过气的女明星从眼前经过。白木香想跟她打声招呼，就起身点头致意。

哼！女明星瞥了白木香一眼，把脸一扭，径直走了过去。

世上还真有这种人啊。她应该已经年过六十了，可装扮得仍然像个小姑娘似的，还穿着袒胸露背的礼服。

这儿的女人全都一个样子，为阻止时间的流逝豁出了一切。如果从其他女人的角度来看，自己肯定也不例外。

伊良部像吹口琴似的猛啃着甜瓜，他狼吞虎咽的吃相连外国人都拍手叫绝。仿佛在看街头艺人的表演，人越聚越多，伊良部被围了起来。

他三口两口就喝光了一瓶香槟。周围欢声雷动，人们连连叫好。他得意地挺着胸脯。

他把一堆面条放在长面包上一口吃掉。人们又齐声鼓掌。他又两手拿着好几根炸肉串，一口咬住，逗得大家哈哈大笑。就在这时，他忽然仰面朝天跌倒在地。

不会吧？白木香不禁站起来，跑到伊良部身旁。

“呜呜，噎死我了。”他翻着白眼直打滚，看来是噎住了。

“你傻不傻呀？这样吃肯定对身体不好。”

白木香叫来四个力气大的男人，把伊良部抬到走廊的长椅上，不停地帮他捶着后背。

“大夫，你到底想干什么？”

“看到大家高兴，我就忍不住……”伊良部像挨训的孩子似的嘟着嘴。

“就算是这样，也得有个度啊，这胃可是自己的。”

看他可怜兮兮的样子，白木香让人给他喂点水。

“我这人就这样，大家一鼓动，就开始玩命。”伊良部说。

“在这一点上，我也一样。”白木香平静地说，“只要别人一句‘什么都不做就很年轻’，我就不由得想继续装模作样下去。”

“看来当个偶像人物可真累啊。”

“没错。希望大夫不要成为偶像。”

“只是当一次的话，我倒是还想尝试一下，哎嗨嗨。”

“行了，服了你了。”

白木香泄了气。反正自己顶多还能在这个位置上混五年。她有自知之明，不会傻乎乎地认定自己能红一辈子。

再坚持五年吧。我是个女明星，以出卖梦想为职业。

等伊良部缓过来，白木香决定回去。熬夜可是美容的天敌。她想回家骑骑健身自行车，无论如何也要把烤牛肉的热量消耗掉。

她走进洗手间，对着镜子重新抹上口红。这时，一阵呕吐声从卫生间隔断里传出来。看来有人正在往外吐吃过的东西。“呕……”恶心反胃的声音在洗手间里回荡，感觉像是在逼她也往外吐一样。

白木香慌忙离开了。她不想知道对方是谁。如果那个女人也是位明星的话，自己会触景生情，也跟着难过。

来到外面一看，一大群围观者早已恭候多时。“呀，白木香。”“真漂亮。”“好年轻哦。”众人的感叹声不绝于耳。

她很自然地伸伸腰，像故意炫耀似的，慢吞吞地走到车旁。

每逢休息日的时候，久美的乐队都会去录音。白木香好奇现在的年轻人在搞些什么音乐，决定偷偷去看一下。只是她一个人没勇气进录音棚，就邀上了女儿一起。读小学一年级的奈绪非常高兴地一块儿来了。

白木香乔装打扮一下，戴了顶帽子，又戴上一副装饰眼镜。为了不引人注意，她穿了件普通的T恤配牛仔裤，连妆都没化。如此一来，她就像在当铺里当掉佩刀的武士一样轻松自在，大大方方地躲在了一个角落里。

久美的乐队只有四个人，真由美担任吉他手，贝司是久美负责，剩下的两个则负责唱歌和打架子鼓。

让人瞠目结舌的是她们的服装打扮。上面是带铆钉的皮胸罩，下面是超短的皮短裤。白木香有生以来第一次见识到了久美的脐环，还有根根倒竖的头发。在某种意义上，所谓年轻就是凶残啊。白木香佩服得五体投地。她是歌剧团出身，一直都活在纯真少女的世界里。

乐队演奏的音乐是朋克摇滚。听众们随着劲爆的节奏又蹦又跳，跺得地板直摇晃。奈绪也一面发出怪叫一面跟着跳起来，这不禁让白木香有点担心。作为母亲，她还是希望孩子即便长大了，也不要跟这种年轻人一起玩。

唱歌的女孩介绍着曲目：

“下一首是由真由美谱写的新曲，题目是《装年轻》，耶！”

白木香顿时有种不祥的预感。

装年轻，装年轻
四十多岁了谈恋爱
胸部下垂还做美梦
喂，那边的大妈，别捣乱

装年轻，装年轻
拉开皱纹装自然
头发内卷装清纯
喂，那边的大妈，别自作多情

哇——哇——装年轻

嗨——嗨——装平静

你难道没别的事可做啊

白木香差点昏倒在地。多么残酷无情的歌词！而且身为年轻女孩，居然还叉着大腿唱歌。

“啊哈哈。”奈绪天真地大笑起来。真不该带她来。

啊，太令人失望了。年轻就是残酷。年轻就是无畏。

但过了一会儿，白木香还是平静下来，因为久美和真由美的确都很酷。

真不错，既不是复制也不是模仿，真正的年轻就该像她们这样。

白木香也跟女儿一起蹦跳起来，额头上流着汗。

选举

1

宫崎良平正用电脑制作高龄人员的名簿，忽然被身后土木科的矶田科长拍了下肩膀。矶田贴过脸来，带着口臭在他耳边嘀咕了一句：“今晚有没有空？”

良平的心顿时一凉。

“啊，那个，今晚是吧，他们让我去参加敬老会的聚会……”

由于不想跟矶田他们搀和，良平便撒了个谎。

“聚什么会啊，不就是跟老头老太太唱唱卡拉OK嘛。那么点破事让民生委员去就是了。你听好了，六点钟在多福酒店。后援会的岩田社长和渔协的塚原都想见见你呢。”

矶田装着揉肩的样子使劲捏了他一把。“好疼！”良平不由得惨叫一声。

“你来这岛上也有九个月了吧。赶快拿定主意。”

矶田嘴角挂着冷笑，挑衅地瞪了他一眼。矶田脸色黝黑，留着平头，不穿町政府的工作服的话，他看上去完全像个渔民。

“两边的人都不得罪，会要你的命的。”

撂下最后一句，矶田戳了戳良平的后脑勺。

这座孤零零地漂浮在伊豆半岛海面上的千寿岛，虽然在行政上隶属于东京都，可口音却接近日本西部。江户时代，这儿曾是犯人的流放之地，太平洋工业带的罪犯似乎都被悄悄地送到这儿来了。因此岛民的性情耿直单纯。倘若你无端地发笑，岛上的人会立刻揪住你不放，质问你他到底有哪儿不对劲。

良平偷偷地叹口气，抬起脸来，发现自己的上司——总务科的室井科长正眯着眼盯着这边，不动声色地朝他努嘴。难道又让自己给这边表态？良平口中喃喃自语，朝窗边的办公桌走去。室井靠着椅背，弄出吱吱呀呀的声响，问：“矶田都跟你说什么了？”

“他问我今晚去不去喝两杯……”良平如实回答。

“不能去。原因你是知道的。”室井的口气不由分说。他烫了一头小卷发，倘若脱掉工作服，看上去俨然是一位城市里的银行家。

“那我可以说是科长不让去吗？”

“混账，你自己的屁股自己擦。”

“自己的屁股？”良平瞪着眼，“我什么都没做啊。”

“什么都不做才最差劲，在这岛上就是这样。”

室井冷笑一声，点上一支烟，朝天花板吐着烟圈。与人口稀少的小岛极不相称的豪华町政府，现在竟连专门的吸烟区都没有。

烟鬼太多，连白色的墙壁都开始泛黄了。

墙上贴着崭新的海报，海报上写着“大家齐心协力，搞好绿色选举——千寿町选举管理委员会”的字样，内容了无新意，连让人开个玩笑的念头都没有。今天已下发了布告，要进行四年一度的选举。千寿岛的选举向来以竞争激烈闻名。每次选举都会把岛上的居民一分为二，由前町长跟现町长进行一场鏖战，投票率甚至超过百分之九十五。所以说，在这个岛上绝不允许出现袖手旁观的人。

“对了，新医生明天来，迎接的事儿就交给你了。”

“是……”

“那个大夫的户籍能不能迁到这儿来？他也是关键的一票嘛。”

“不会吧？人家才待两个月而已。”

回到座位上，良平的胃一阵阵绞痛。先让诊所给看看吧。最近几天连食欲都没有了，因为对立的两大阵营全都逼着他支持自己一方。

二十四岁的良平出生在东京世田谷，人生一直过得很充实。他以优异的成绩从高中和大学毕业，后来考取了公务员，在都厅上班。之所以选择做公务员，是因为他觉得自己很适合干这一行。他既不喜欢那种尔虞我诈的竞争，也不喜欢抛头露面，更不想为了金钱去卖命。大概是小时候受事业失败的父亲的影响太大了，他觉得只有踏踏实实的生活才是最好的。有一次在大学研讨会上，一名教授就曾说过，“你年纪轻轻的却没有野心”。良平并不在意，如果所有人都是野心家，那么整个社会就乱套了。

在东京都厅时，他被分配到福祉保健局，主要负责医疗整顿和制度改革的工作。当然，他是个新手，做的工作多半都是辅助性的。赶赴医疗现场倾听医患的声音也是一种学习，也很有趣。每当听到那些殷切的请愿，尽管无能为力，他心里还是有一种使命感。尽管公务员的工作广受批评，可他还是很自豪——自己虽然没有野心，但是有良心。

今年是他参加工作的第三个年头，人事科过来问他愿不愿意去孤岛研修。本来人口过少的地区是总务局的管辖范围，可上面的意思是想让年轻人多锻炼一下，于是看中了良平。借调的单位是千寿町政府的总务科，任职期限为两年。接到这个通知的时候，他有点迷惘，但第二天就服从了上级决定。这本身就表明上级对他抱有很大期望。而且他长期以来生活在父母身边，也想试试一个人过日子。对于出身大城市的良平来说，一个小小的孤岛也让他充满了憧憬。

千寿岛总人口约两千五百人，是个以渔业和农业为主的静谧小町。这里没有飞机场，只与伊豆诸岛的大岛之间有定期往返的班轮。町政府只有四十位职员，最年轻的良平在这里就成了多面手。

到岛上一看，他有点惊讶，虽然这里人口稀少，可基础设施却相当完备。道路修整一新，还有人行道和行道树。图书馆和体育设施也崭新而气派。只是由于使用者不多，维持基本运转又要花很多钱，所有的设施都是亏本运营。

“你也知道。这儿是地方交付税特区[①]，有预算的，有钱不花就是傻子。”室井说完，窃笑起来。

整个町政府只热衷于搞预算，没有一点想改革的气氛，总之从来没顾及过成本。

当然，虽说觉得不太习惯，良平还是决定服从岛上的传统做法。以他一个人的力量无法改变现状。而且，估计多半的地方政府都有这种传统。拿中央的论调去谈论地方上的事是都市人的一种傲慢。只是在工作方面，良平并不想偷奸耍滑。只要觉得有改革的需要，他们会自发研究方案。

就这样过了一段时间，良平有了一个奇妙的发现。町政府的人际关系干净利落地分成了两大阵营。虽说任何地方都有派系之争，可这里的程度却超乎想象。就像物种间的差别一样，这里的一切都泾渭分明。土木科的矶田和总务科的室井甚至从来不说话。室井肆无忌惮地说着町长的坏话，町长则视室井为无物，像一群孩子中有两个孩子王一样。

“这个岛仍处在战争状态，那就是小仓跟八木的战争。”在食

① 1954年日本颁布《地方交付税法》，确定了地方交付制度。该税种是指地方政府的财政需要大于收入时，为补充差额部分而征收的税。

堂打工的大妈偷偷告诉良平。整个家族都以土木建筑业为生的小仓武是现任町长，同样搞建筑的女婿八木勇则是前任町长。

“这场战争已经持续了六十年。说白了，就是两个建筑业的同行在相互争夺公共工程。”大妈眉飞色舞地说完，像漫画中的小狗一样摇摇肩膀，嘻嘻地笑了。

据大妈讲，战后，这个岛上的町长一直都是由两大家族中的人来出任。每次换届，所有的主从关系都得重新洗牌。八木当町长的时候，室井是土木科科长，矶田就被下放到了饮食服务中心。听说连从副町长直接被扔到清扫科做普通职员的先例都有。公共工程的活儿自然是承包给町长家的亲属了，敌对的一方只能做转包的转包。这种报复性的战争没完没了，永无休止。

“这样能行吗？”良平皱起眉。可大妈却毫不在意，说：“什么行不行的，这是传统，有什么办法。”

顺便说一下，这位大妈就是小仓派的，理由是她的丈夫是渔民。小仓会给渔协发补助——大妈满不在乎地说。

这样一场岛内选举，现在终于拉开了帷幕。

“喂，宫崎，别告诉我，你是从东京借调到这儿的，就可以袖手旁观了。”

在多福酒馆，上来酒劲的矶田揪着良平的耳朵说。良平是在下班回去的时候被他硬拉来的。

“没错。东京人不懂得人口稀少地区的选举规矩。弃权是最卑劣的行为。”

渔协的塚原也红着眼瞪着他。这个岛上的人也真是够呛，千寿町明明就属于东京都，却总把那个位于本州岛的首都叫作东京。由于被海远远隔开的缘故，这里的人根本就没有身为首都市民的意识。

“我没说要弃权啊。”良平点头哈腰地说。他已经被数落一个多小时了。

“那你到底支持哪一伙？是小仓先生，还是八木那个臭老头？”

“那我得好好听听双方的政策，选一个赞成的支持……”

“傻子。”这一次敲他头的是后援会会长——经营建筑公司的岩田社长，“什么政策？有个屁！”

“没政策……？”

“你给我听好了。小仓先生要整顿港湾，八木那个大傻蛋要建设农业试验场，就这些不同。你少给我说那些没脑子的话。”

“我哪有……我只是待两年，根本不关我的事啊。”

“不行。一票就是一票。”

“嗯、嗯。”

三个人都是一脸可怕的神情，点着头。

良平深深地叹口气，从盘子里捏起一块东西放进嘴里。这里靠海，什么鱼都很新鲜。即使在这个空当里，几个人仍在轮番给他倒酒，使劲灌他。

“可是，我就是投一票，又能有多大用？”良平小心翼翼地说。

“我不是早就跟你说过了吗，上次的选举仅有五票之差，把我们吓出了一身冷汗。差点就让八木那傻子连任了町长。”矶田抓起空酒壶，朝厨房晃晃：“喂，添酒。”

“矶田啊，在八木当町长的四年时间里，他在饮食中心掌了四年大勺。你能明白一个五十岁的大男人去给中小学生做午饭的感受吗？”

塚原探出身子，红着脸说。

“你再听听我的遭遇。”岩田社长插了进来，“我啊，在八木干的那四年里，做的一直都是转包的转包，全都是垃圾活儿。营业额减了一半不说，还把挖掘机都抵押掉了，每天靠借债过日子。”

大概是想起了当年的艰苦，岩田社长愤怒地倒着苦水。他的妻子好像就是小仓的妹妹，也就是说，人家是一家人。

“可是，八木阵营现在也是这个那个的，我也不好说谁怎么样。我看，你们双方最好还是寻找一个和解的办法……”

“开什么玩笑！战争不是你死就是我活！”

“八木这个人渣是不会有同情心的。”

“没错。八木这个臭狗屎……”

三人口口声声地咒骂着竞选敌手。从他们的谈话中能听出来，岛上以前也曾有过厌恶两派争斗的年轻人参选，可是竟连一百张选票都没有得到，再加上遭到当地人的排挤，后来被迫离开了小岛。这场决战体现的是全岛的民意。

“顺便说一下，假如我加入了某一方的阵营，而这一方的候选人又失败了的话，结果会怎么样？”

良平战战兢兢地问。

“那你后面的日子可就惨了。”

“没错，比如会让你去修千寿山的登山道之类。”

“可我只是临时借调的啊。”良平十分为难，连声音都变了调。

“这有关系吗？千寿町可是山高皇帝远。”

酒添好之后，几个人再次开始给良平灌酒。渐渐地，良平的大脑开始麻痹了。

山高皇帝远——良平在口中喃喃。前几天，他也曾跟都厅的前上司打电话倒苦水。“是吗？又开战了啊？”对方只是笑笑，根本就没理他。在这儿，贪污腐败是很正常的，小仓和八木都曾因行贿受贿被逮捕过一次，连东京的人都拿他们没辙。

“我说宫崎啊，明天要来的那个医生，他迁不迁户籍？”矶田问。

“室井科长也问过同样的问题。人家任期才两个月，肯定不迁。”

“还是跟以前那样，是从自治医科大学派遣过来的吗？”

“不，这次是民间来的。是个叫伊良部综合医院的地方，听说护士也跟着一起来。”

“哦，还真有这等精神可嘉之人，得赶紧开个欢迎会。”

因为岛上分为小仓派和八木派，欢迎会肯定要开两次。

“我失陪了。”良平想站起来。

“混小子，不干了这一碗，你休想回去。”

岩田社长揪住他的衣领，往大碗里倒了满满一碗酒，光是看着就让人打怵。

“来，一口气干了。”

良平只想回去，就端起大碗，刚喝到一半，便骨碌一下栽倒在地。“最近的年轻人可真不中用……”他只听到了矶田的前半句，再往后说了什么就不知道了。

2

第二天是个大晴天，风平浪静，一群群海鸟在千寿港的上空翩翩飞舞，欢快地鸣叫。鸟鸣声震得良平宿醉的头嗡嗡直响，胃也很难受。他连昨夜是怎么回家的都记不得了。

一艘红白相间的快艇出现在海面上，喷着白色的水雾朝这边飞快地驶来。这种快艇从东京的竹芝栈桥出发，途经伊豆群岛的几个小岛，最后抵达千寿岛，前后大约花费三小时。虽然一天当中有四班定期班轮，可一旦风大浪高就立刻停航。倘若来了台风，那就真成了名副其实的孤岛了。

千寿岛上有一家町营的诊所，医生几乎都是从自治医科大学附属医院派遣过来的短期医生。虽然岛上一直希望能有位医生在这儿定居，但为人口稀少地区的医疗事业献身的硬汉迟迟没有出现，所以，每隔几个月交换接力棒成了近年的传统。

真希望是个好人——良平一面看着派遣方发来的文件，一面想。这次的医生名叫伊良部一郎，年龄三十七岁，专业是内科。

此人之前的工作单位是伊良部综合医院，是东京一家有名的大医院。从名字来看，这个人很可能是医院经营者的亲属。如此一来，志愿报名的可能性很大。

快艇鸣响汽笛驶进港内。船身贴近栈桥，抛出缆绳。良平也帮着放下舷梯。

在东京办完事情的岛民们陆续下船。这个季节是没有游客的，几乎都是熟脸。其中有个胖男人穿着鼓鼓囊囊的羽绒夹克走下船来，后面还跟着一个身背吉他箱的年轻女孩。

男人戴着一副花哨的墨镜,香奈儿的商标十分惹眼。至于女孩，则穿着一件豹纹的皮外套，嘴里还咕唧咕唧地嚼着口香糖。“这算啥啊，整个儿就是乡下。”男人打量一下四周，不满地咕哝。

乘客总共不到十人。岛民们跳上停在停车场的车子,陆续离去。留在码头上的只剩下这装扮极不协调的二人。难道……

“那个，您是伊良部大夫吗？”良平打量着对方，问。

"嗯，我是。"对方像孩子般尖声尖气地回答。

再一看，新来的医生头发乱蓬蓬的，是个大块头的胖子。

"我是千寿町政府的工作人员宫崎，下面两个月的时间就拜托您了。"良平递上名片，点头致意。

"必须待满两个月？"伊良部问。

"啊？"

"你要是帮我弄成两个星期左右的话，我会很高兴的。"伊良部咧嘴一笑，露出牙龈。

"我爸爸想在医师会混个好脸面，就把他亲生儿子送到了这个孤岛上，他完全是在演戏。他倒是好了，可我招谁惹谁了。"

伊良部一面挠着头一面咕咕哝哝。看来对方并不是志愿者，良平满怀的希望瞬间化为泡影。

"喂，宫崎先生，这个岛上有没有租借录像带的店？"

"没有。"

"那，有没有塑料模型店？"

"没有。"

"嘁，那就从东京那边寄过来吧。"

"大夫，你就认命吧。"女孩懒洋洋地开口说，"回去以后不是让你换一辆新保时捷吗？"从态度来看，她对伊良部似乎并不怎么尊敬。

"那个，她是护士吗？"良平问。

“对，这女孩叫真由美。我怕她一个人孤单，就把她也带了过来。”伊良部回答。

“每天的津贴是三万日元哦。”叫真由美的女孩粗鲁地说。

真由美连招呼都没打，只是用锐利的目光扫了良平一眼，给人的印象相当差。不过长相倒蛮可爱的，令人心动，在岛上绝对碰不到这种女孩。

良平让二人上车，先将他们带到了诊所。诊所位于一座面朝大海的小山丘上，是独栋的房子，风景极好，算是对大城市来的医生的一点安慰吧。实际上这地方海风很大，根本没什么用处，于是土地所有人小仓就把这块地卖给了町里，又让亲戚的建筑公司建了这处诊所，仅此而已。若是在八木当政的时候，这诊所就应该建在八木的地盘上。

刚到诊所，一群野猫便围拢过来。如果在平时，这些野猫都很怕人，不敢过来，不知为何今天都缠着真由美。真由美对这些小动物没有丝毫的怜悯，“去、去、去”，三脚两脚就给踢散了。

“哦，地方不错嘛。”伊良部仰头望着诊所说道。看到他一副满意的样子，良平松了口气，带他们进去看一下设施。

“大夫是内科专业来着吧？”良平问。

“内科？唔。”伊良部摇摇头，下巴上的赘肉颤悠悠地晃起来。

“我是精神科医生。宫崎先生，你有没有烦恼？我给你打一针帮你治治，呃呵呵。”接着，他发出令人恶心的笑声。

“精神科？可文件上明明写的是内科啊……”

“肯定是我爸随便填的。”

“‘我爸’……”

“没事，你不用在意。精神科也叫心疗内科。”

“那个，我对治病不怎么懂，可如果是感冒或受伤的话……”

“没事、没事，我什么都能看，啊哈哈。”

伊良部砰砰地拍着大肚子。一股不安涌上良平的心头。

由于上次交接失误，一度让千寿岛变成了一个三天没医生的地区。慌忙跟当局联系后，这才派来了一名医生，就是眼前这位伊良部。

“接下来，我领你们看看宿舍。宿舍是町营的公寓，其实我自己也住在那儿。”

町营公寓是在八木当权的时代，为了安置岛外来的人员，收购了八木自己的一块土地建成的。

“啊，那儿只让真由美一个人住就行了，我自己暂时住在千寿山温泉大酒店。我已经预约了最好的房间。”伊良部说。

说起这最好的房间，可是为迎接石原都知事改装的豪华套间，一晚就要十万日元，从来没听说谁接着住进去过。

“自费在那儿住两个月？”

“当然。”伊良部轻轻松松地说，弄得良平不知所措。

“对了，宫崎先生，你的眼很红啊？”

“啊，不好意思，昨晚喝多了……”

“呃呵呵，那我给你打一针提提神吧。喂，真由美。”

“又要来？”在窗边抽烟的真由美极不情愿地皱起眉。

“有什么不好的。架子上的葡萄糖注射剂还剩了不少呢。”

良平正发愣之际，注射台已在面前摆好。对方抓起他的胳膊，撸起袖子就用胶带固定在台子上。

“那个，大夫，这……”

“白送、白送。”伊良部色眯眯地盯着他。

“不，那个、这个……”

真由美则敞开怀，纯白的超短裙和修长的大腿映入眼帘，良平不由得看得入了神。

“疼疼疼疼。”接下来的一瞬间，针头扎进了他的皮肤，胳膊上随之一阵刺痛。

一个黑影从一旁掠过来。良平一回头，只见伊良部正满脸激动地盯着他打针的胳膊。

这些人到底是怎么回事——良平似乎正在做梦。

“这儿就是个农村啊。”伊良部望着窗外说。

“啊，差不多吧。毕竟人口只有两千五百人。”

“一天就来一个患者？”

“不，由于年纪大的人多，整个上午候诊室里全是人。现在，这个岛上百分之三十的人口都在六十五岁以上。”

“嗯，老年人啊，皮肤皱巴巴的，就算是打针也没啥劲。”

伊良部使劲打了个哈欠，用手揉着脖子后头。

这时，一阵高音喇叭的广播声从大路那边传了过来。“小仓武！拜托大家选小仓武！”一位播音员大妈正在大声疾呼。原来从今天开始，选举大战就拉开帷幕了。

“最近这段时间会吵闹一些。”良平向伊良部说明了情况。

“对了，该给学校打预防针了啊。”伊良部根本没认真听他在说什么，打着响指。

真由美则捉住一只从窗户闯进来的野猫，正用注射针头吓唬它。看到他们我行我素的样子，良平越发不安起来。

没事，就两个月而已。良平宽慰着自己。反正老人们经常拿着町里的补助金去东京的大医院。岛上的诊所只是个社交场所。

伊良部和真由美开始给猫打针。两个人还一边舔着舌头。

“大夫，按好了。”

“好疼，让猫抓了一下，妈的。”

不知不觉间，房间里进来了好几只猫，齐声惨叫起来。

下午良平返回町政府，正在干活儿，却被室井叫到了走廊里。“我要去一趟体育中心，你也一起去。”室井语气强硬，不由分说。良平基本能猜个八九不离十。町里的文体协会就在体育中心，前町长八木重新做了会长，肯定要在那儿逼自己支持他。

良平来不及抵抗就被室井开车拉了过去。清扫科的小林科长也一起坐在车后座上。

“小仓这呆瓜，拉拢小旅馆的那些家伙，说是要为通往树林的路安装路灯。”小林探出身子说，“五对夫妻就是十票，真让人心疼。”

“要不就吓唬他们一下？说如果不支持八木先生，就要向那些来潜水的游客收环境保护费。”

“不行，这样会得罪旅馆工会的。”

“那些家伙把町里的农用地都弄成自家的菜园了。”

两个人咒骂着这些选民。良平正在沉默，忽然也被臭骂了一句，“你也出出主意”，自己明明不跟他们一伙儿啊。

来到体育中心后，良平被轰下车。一个年轻的女孩正在花坛里割草，看到室井后，兴奋地挥挥手。

“那姑娘是我的外甥女。八木先生当权的时候，她花了一百万进了町政府，可还不到一年工夫政府就换届了，结果弄成了这样。我都没脸见亲戚了。”

“花了一百万？那不是行贿吗？”良平大吃一惊。

“你还真把自己当成东京人了。”小林从身后戳着他的头，“入乡就要随俗。再这么说风凉话，你的人头都不知道怎么被砍掉的。”

钻进大门后，眼前是一尊八木的胸像。这座体育中心是八木当町长的时候花了好多税款建成的。选举失败后，他就在这儿过着幽禁生活。当然，如果小仓被赶下町长的位子，也同样会被打回物产中心做主任，在自己建的渔协会馆艰难度日。反正双方都不是什么好东西。

被带进会长室后，良平被按在了八木眼前的座位上。“哦，你就是从都厅来的宫崎君啊，虽然看着面熟，可说话还是头一次，呵呵呵。”对方尖利的声音好像是从头顶上冒出来似的。良平被这张像面具一样夸张的笑脸震慑住了。对方干瘦的身体让人不禁联想到鸡排。恐怕得花半个世纪才能修炼成他这副德行吧。

“听说你这次能支持我，我是深受鼓舞啊，呵呵呵。”

“哎？不，我……”

良平一惊，刚想否认，却被室井拧了后背一把，疼得直咧嘴。

“宫崎君肯定没问题的。他支持农业，对八木先生的农业试验场建设非常赞成。”

“是吗？是吗？呵呵呵。”八木站起来想和良平握手，良平不由自主地伸出手。“我还要去参加选举演讲，回头你跟后援会会长好好聊。”

八木带着秘书离开了房间。“啊，那个……”良平伸出的手抓了个空，后援会的会长——经营建筑公司的德本社长挡在了眼前。这位社长眉毛很淡，眼神锐利，一副爱哭鼻子的婴儿般的长相。

“喂，宫崎君，事情我都听说了。你好像还没有打定主意。”

对方的话是绵里藏针。良平被按住肩膀，再次坐在客厅的沙发上，被室井和小林夹在中间。

“虽然你的一票也很重要，不过还有一件更重要的事想让你做。”德本社长说。

“什么事……啊，我并不是要接受的意思。”

“你就趁早死心吧。”室井打断他的话。

“听说你经常出入敬老中心，在老年人中间很有人缘，所以……”德本社长干咳一声，“我们想让你帮着拉拉票。老头老太太的票每次都不能小觑，而且大半都是浮动票。只要撒下诱饵，他们就会乖乖上钩。”

“不，这个……”良平战战兢兢直摇头，“身为公职人员，我不能……”

“可大家不都是这样吗？小仓也派教育科科长去拉拢岛上的老师们了，还承诺要把学校的视听室改成家庭影院呢。”小林愤怒地说。

“不能这么做啊，这纯粹是浪费纳税人的钱。”

“你就别冒充好人了。敌人都准备好核导弹了，你还要拿着竹枪跟人战斗，天底下哪有你这样的傻子。”室井说。

无意间一抬头，只见桌子上放着一个棕色信封，良平有种不祥的预感。

“喂，那就是军费。”德本社长把信封托在手里，嗖的一下扔过来，“你要是不接受，就是想跟我们为敌。”

“怎么会，请放我一马。”良平面无血色，一再恳求。

“你要是胆敢与我们为敌，我们绝不会放过你。八木先生一当选，就立刻把你打入冷宫。”

“我是临时借调的。我要向都厅报告。”良平小声地抗议。

“哼，没用。东京自从废掉都立高中、撤掉飞机场建设计划的时候起，就欠这个岛的人情了。说白了就是不管我们了，现在根本就不敢乱插嘴。”

德本社长站起来，把桌子推到一旁。良平正纳闷，他却双膝着地，咕咚一下跪了下来。室井和小林见状也纷纷跪倒在地。“求你了，宫崎君，帮一下我们。”三个人一起向着他叩头。

良平大吃一惊。“啊，你们别这样，我很为难的。”他自己也跟着跪倒在地上，低下了头，脸上直冒冷汗。

“你要不支持我们，我们就还得忍受四年胯下之辱。”室井说。

“求你们了，请饶过我吧。”

“你就当做善事，帮帮我们吧。”

双方互相跪了将近十分钟。良平只觉得气血冲头，心里十分难受。

“既然这样——”最后，三人只好倒剪双臂把他按倒，硬是把信封塞进了他的兜里。

看到三个中年男人急红了眼，良平吓得都不敢抵抗了。人生在世，一定都是这样吧。人们只有在对自己无害的时候，才会遵守规则。

来到外面，晴空万里，老鹰在天空中优雅地翱翔。

良平的胃疼起来。看来明天得去伊良部那儿拿点药。

3

面朝大海的诊所从第一天起就热闹非凡。岛上的老人们迫不及待地来看病。不知为何，许多野猫也聚在了大门前。良平进去一看，“呀，宫崎先生，欢迎光临。”伊良部悠然地迎接他。只见这位身穿白大褂的胖子正坐在巨大的单人沙发上，很有一番从前某教祖的派头。

“大夫，那沙发是从哪儿弄来的？”

“跟酒店里借的。我不喜欢办公椅。”

“哦……”

护士真由美则穿着超短白大褂，正给一位来看门诊的老太太打针。看到她暴露无遗的乳沟，良平不由得咽了口唾液。

“这是打什么针啊？”老太太问。

“问啥？问啥？”真由美粗暴地说。

“大夫，我的神经痛好像厉害了。”

“在走廊里晒晒太阳就行。”伊良部一面拔着鼻毛一面回答。

“这样能治好？”

“能治好，能治好。”

伊良部三言两语就把老太太打发了，老太太皱着眉离开了诊室。

“大夫，有没有什么不便之处？”良平问。

“晚上太黑，没有便利店，电视信号也不好。”伊良部嘟着嘴说。

“不，我说的是诊所的事。”

“这个嘛……”伊良部挠了挠又短又粗的脖子，回答说，“我想要个CT扫描仪。有那个东西就厉害了。”

“开什么玩笑。岛上哪有这种预算。再说了，用这个还要增加人手。”

“既然这样，那我就让经销商提供吧，要他们弄台最新型的显示器。”

“那就这样吧。”正儿八经地答理这种人才是傻子呢。

下一个患者进来后，连症状都没问就被打了一针。岛上的老人们从来不知道怀疑医生，所以都听任伊良部摆布。

“又不让人清静了。”这老太太自说自道起来，“这次是小仓胜，还是八木胜？嘿嘿嘿。”听口气，她似乎对町长选举很感兴趣。

由于伊良部不了解内情，良平便给他解释了一下。“嗯，是吗？”伊良部还是一副漠不关心的样子。

“对了，敬老会的爷爷奶奶们都支持哪一边？”

良平问老太太。听室井等人的意思，他们每次都会有浮动票。

“最后再决定。”老太太铿锵有力地说，“我们每次都是这样。”她意味深长地笑起来。

“喂，东京来的那小子，快到外边看看吧。选举车刚好转过来。”

一阵阵街头宣传的声音从马路上传来。小仓和八木两个人的名字都夹杂在其间，看来是两个阵营的车同时来了。

候诊室的老人们拥到外面。刚打完针的老太太也弓着腰跑出去。“喂，大夫、护士、宫崎先生，快来外面看啊。”老太太招招手，于是三个人也跑了出来。

大家在诊所前的草坪上等候。从声音不难听出，右边来的是小仓阵营，左边来的是八木阵营。双方各自连连高呼着候选人的名字。只是气氛跟通常的选举不同，宣传车像节日庆典上的花车一样，声音和动静都特别大。看来双方都出动了好几辆车。

老人们伸长了脖子。“阿山，你数数小仓那边的，小京你去数数八木那边的。”有人下达指令。这时，两个阵营的选举车出现了。“小仓武！小仓武！”“八木勇！八木勇！”双方用最大音量播放着自己一方支持的人名，四下里顿时涌起了噪音的旋涡。

选举车后面还跟着好几辆普通的车，像巡游的队伍一样。乘坐在里面的都是岛民。两支车队在诊所门前交错而过。“一——二——”老人们开始数起汽车的数量。

“呔，小仓的手下们，月明之夜非找你们报仇雪恨不可。”八木阵营怒吼着。

“废话少说！八木的傻子们，这次让你们连老命都搭上。”小仓阵营毫不示弱地还以颜色。

良平无言以对。正常情况下，双方应该互相叫喊助威才是，这是礼节。日本全国都是这样。唯独这千寿岛的候选人会互相谩骂。这可不是比喻，是真正的战争。

跟在八木阵营车队队尾的是清扫科的小林。“宫崎，拜托了！”他大声喊了一句。良平本能地点点头。可接下来的一瞬间，他却跟迎面驶来的小仓派的矶田四目相对，被对方狠狠地瞪了一眼。公务员怎么能在上班期间干这些事呢？不过他却没有这么想，因为他已经习惯了。

回头肯定会被矶田找茬的。良平的心情暗淡下来。昨天塞给他的信封里装了三十万的现金，这些钱现在就在他工作用的背包里。

“小仓那边七辆。”

“八木那边也七辆。”

“什么，半斤八两啊。”

老人们凑在一起嘀嘀咕咕。

“你们在议论什么？”良平问道。

“双方各有多少辆车。这个岛上的选举啊，支持者都是开着车跟在候选人的后面到处转的，这是老规矩了。”

一个老头回答了良平的疑问。刚才的老太太则接着说：

“我们要等到最后的最后，夺取胜利果实。上一次以免费乘坐班轮为条件支持了小仓，嘿嘿嘿。”

良平泄了气。这个岛上的选举，正义根本是行不通的。

“看样子还挺好玩啊。”看热闹的伊良部说。

“幸亏大夫的户籍不在这儿。我刚迁过来就……啊，对了，回头能不能给我开点胃药？”

“嗯，没问题。顺便再打打针。”

这时，又一辆车子出现了。虽然只有一辆，可发动机的声音却很威猛。这是一辆岛上的人从未见过的黄绿色保时捷。车子开进来后，一名西装革履的年轻男人从车上下来。

“伊良部先生，给您送来了。”对方嗓音宏亮，一看就是一流企业的销售员。

“辛苦了。放那儿吧。”

良平很诧异。伊良部向他解释说：“这是我的爱车，让渡轮运过来了。”

接着又来了一辆小型租赁汽车。又一名男子下来，朝伊良部深深鞠了一躬。

“大夫，这是您打电话要的《机动战士高达》全套DVD，给您拿来了。”

话音刚落，第三辆车也来了。

“大夫，这是您订的村上开新堂的曲奇，帮您取来了。”

良平正目瞪口呆的时候，伊良部不无得意地说：

“这些人都是制药公司的销售员，也就是所谓的 MR[①]。因为我被派到了这个岛上，所以他们也都追着我来卖药了。”

“啊，这样啊。”

可就算是这样，也不至于送《机动战士高达》和曲奇之类的。

老人们没见过保时捷，都在好奇地围着车子看。

“大家难得来一趟，都进来喝杯茶吧。喂，真由美，泡咖啡。”

“让这些人自己泡不行啊？”真由美心里一百个不乐意，她总是嫌麻烦。

“那我们就不客气了。”男人们争先恐后地跑进诊所。

“我们也喝一杯吧。”老人们“嗯、嗯”地答应着涌进来，连那群野猫也进了屋里。

这时，良平的手机响了，是上木科的矶田打来的，命他立刻来渔协一趟，一定是责问他向八木派的小林点头一事。良平的胃又绞痛起来，甚至有点恶心。

“你是不是跟室井和小林搀和到一起了？”

刚到渔协的物产中心，良平就一下被矶田揪住了前襟。小仓派的人立刻把他围起来，像黑社会似的恫吓他。现任町长小仓就在会长室。他的样子跟八木完全相反，圆滚滚的就像布袋和尚，

① Medical representation 的缩写，意为“新药推销员”。

只有那张老套的笑脸有些相似。大概是不好意思在场吧，小仓说了句“宫崎君，拜托了”，就古怪地嘿嘿笑着离开了房间。

“那个，大伙儿都不上班吗？”良平说。

“少打岔。清扫科的小林说了句‘宫崎君，拜托了’，你就跟他点头，凭什么！”

“那只是礼貌性的点头啊。”

“扯淡。你投敌了。”

“投敌……”良平的声音越来越小——自己明明没有支持哪一伙人。

渔协的塚原随手检查着良平的背包，结果发现了那个信封。“啊，这个……”良平刚要伸手，却被推开。里面的三十万现金最终还是被发现了。

“这是什么?！”矶田见状，气得脸通红，疯狂地晃着良平的脖子，“没想到你竟是一个为了金钱出卖灵魂的人！”

“等、等、等一下。那是他们硬塞给我的，我正想找机会还回去……”

“你给我说清楚了！”

无奈之下，良平一五一十地说了一遍，连这些钱是收买敬老会的资金一事都交代了。

“好吧，还算你识相。毕竟后援会的德本都下跪了。听说那家伙的额头上都起包了。这些钱我们负责替你还回去。”

矶田把信封摔到沙发上。不安涌上良平的心头。

“真的会帮我还回去？”

“谁会昧下这点破钱！今晚就帮你扔进德本家的信箱。对了，我说宫崎啊，”对方的语气突然柔和起来，皮笑肉不笑地说，“说到这敬老会的事儿，我们也正想求你呢。”

另一个人也从桌子的抽屉里拿出一个棕色信封。矶田接过来，放在良平的面前。信封很厚。一股不祥的预感在良平心中蔓延。

“八木也太抠门了，区区三十万，连你的工钱都不肯出。这是五十万。你到温泉酒店开个宴会什么的，好好帮我们打探一下敬老会的要求。”

“我干不了。你们自己干不就行了？”良平撇着嘴往后退。

“岛上的那些老头老太太很奸猾，他们才不信我们的话呢，所以这事最好由你这种外来人去办。”

良平正张口结舌，忽然被渔协的人从左右两边按住。

“你们要干什么？”

“你装什么傻啊。对方不是也这么说过吗？如果不接受，就是跟我们为敌。”

说着，矶田硬是把信封塞到了他外套的兜里，然后架着他径直扔到了楼外。事情的发展实在令人难以置信。

“宫崎，跟小仓混吧，绝对不会让你吃亏的。”

“拜托了，最低帮我们拉上三十票。”

最后，这些人又双手合十求他，跟八木阵营一模一样。看样子双方都玩命了。

良平下意识地反思起来，难道自己真是个不知好歹的毛头小子？

怎么会呢，自己并没有错。

面对着这些人不顾颜面的斗争手段，良平实在吃不消。

4

肚子真的是坏了，不仅胃疼，还开始腹泻。良平心里很清楚原因，就是因为背包中那五十万。

在町政府，室井和矶田都装出什么事都没发生过的样子。但是，矶田昨夜应该把八木阵营那三十万扔回去了，室井不可能没反应。

所以一到午休，良平就溜出单位，驱车去了诊所。他觉得只有那儿才是避难所。

到了一看，只见一辆大型卡车停在门前，一些人正往里搬运一台白色的大型机器——CT 扫描仪。

“大夫，你怎么弄来的？”

“我嘛，给厂家打电话要的啊。让他们先借我用段时间。”伊良部若无其事地说，“我们家老照顾他生意，还给他们介绍其他医院……”

“哦……”

伊良部综合医院的名字，良平在都厅工作的时候就听说了。它在战前就是一家名气很大的医院，连政治家一有个头疼脑热都往那儿跑。

“大夫,安装调试好了。”一个厂家工作人员模样的男人跑过来，深深地低下头说，“大学附属医院建设新病房大楼的时候，一定请院长先生多多帮忙……”

“嗯，我会跟我爸说的。”伊良部似乎很满意。

眼前这个人到底是什么来头？看起来就像黑手党。

CT 扫描仪在空荡荡的病房里安好后，老人们顿时围了上来。“这是手术台？”“不，是断层拍片机。”“把人切得一段一段的？”老人们七嘴八舌地议论着。

真由美从脚底抓起一只野猫，放在 CT 扫描台上。台子部分是电动的。“哇！”老人们不禁发出惊叫。五分钟后，X 光的胶片就冲洗出来了。老人们全围到了显示器前面。

大家顿时排起队来，因为伊良部说要免费给他们检查。

“大夫，能行吗？”

“没事、没事，只是看一下。”

老人们非常高兴，像过节一样兴奋。

“伊良部大夫真是个好大夫。”

“又是端茶，又是拿点心。”

有的人还随意泡上茶，打开曲奇的罐子吃起来。诊所几乎变成了沙龙。

“大夫，我肚子的情况很不好。”良平向他哭诉。

“对了，你昨天也说过一次。有没有吃病死的鸡什么的？”

“我怎么可能吃那些东西。总之，你先给我看看吧。”

良平瞥了眼在CT扫描机边玩的老人们，来到诊室，跟伊良部面对面坐下。他这才想起伊良部是精神科医生的事，真是想什么来什么。

良平问：“从大的分类来说，我的病因是人际关系的压力。在这种情况下，我到底该怎么办才好？”

“一个人待着不就行了？比如躲在公寓里之类。”

伊良部盘腿坐在单人沙发上，抠着鼻子回答。

“那个，我还有工作要干啊。”

“那就辞掉工作。”

良平皱起眉。这是开玩笑，还是算心理辅导？

“总之，带着压力蛮干绝对是荒谬的，随波逐流才是最好的办法。喂，真由美，中午的外卖便当还没到？”

伊良部向真由美催要便当。

“随波逐流？”

良平一愣。这一点他倒是从来没有想过。也就是说，被任何一方收买都行？自己的确有点死心眼，一直以来连岛上的规矩都不接受，拼死抵抗。可是……

这时，酒店的便当送到了，看来是伊良部特意从酒店订的。看看套盒里面盛满了生鱼片和煮菜的豪华套餐，这一份最起码得五千日元。

“还是汉堡好吃啊。明天要汉堡，上面要放煎鸡蛋。”

伊良部随口跟酒店员工下着订单，真是个大财主。

“对了，大夫，关于千寿岛的选举运动，您有没有听到些什么？”

良平索性提起了选举的话题。这件事很难跟岛民们开口，但他又想找个人倾诉。

“唔，具体情况不清楚。”伊良部边吃便当边摇头。

“每次都会有两个候选人，进行一场决战，把整个岛分成两大阵营。不过，打仗的方法却很不寻常。”

“喂，宫崎先生，你要不要吃胡萝卜？”伊良部用筷子夹起一块放在盖子上。

“不要。”良平无力地低下头。

“就是说，用现金拼？”

“啊，差不多是这样吧……”

“一票多少钱？十万？”伊良部把牛蒡也放到了盖子上。

“怎么会呢，哪有那么多。只不过，如果拉票的话，好像会有相应的酬谢。比如，要是能让敬老会支持的话，就给五十万……”

良平连具体操作都说了出来，他很压抑，这些话不吐不快。

伊良部停下筷子，似乎颇感兴趣。“那我要是把每天来的病号的票拉上个几十张的话，就能拿到五十万？”

“有可能吧……不过，大夫你可是有钱人啊。”

“唔，在岛上花的钱，账单都要交到我家医院那边。最近花得有点多，零花钱被我妈妈管起来了。”

“‘我妈妈’……”

“原来有五十万啊。”伊良部来不及把满嘴的米饭咽下去，就扯开喉咙，连米粒都喷到了地上，“喂，真由美，给候诊室的各位泡茶。”

“他们喝得正欢呢。曲奇也快没了。”

真由美坐在窗边的椅子上，懒洋洋地捏着三明治，肩膀和膝盖上还蹲着几只野猫。

“对了，大夫，双方的候选人要是给我送钱的话，我要不要？”

“当然要了。”

“可这违反法律啊。”

“那也是在事情败露之后。怎么，宫崎先生要拒绝？”

“我可是公务员。”

“难以置信。”伊良部像看一个外星人似的看着他。

伊良部的一番话让良平不由得陷入了思考——自己真的是刚正不阿吗？

伊良部吃完便当，开始用牙签剔牙。

“大夫，不谈这些了，先看病吧……”

“啊，胃肠不好对吧？那就打一针，然后再给你开点药。”

良平被真由美打了一针，目光自然被她的乳沟吸引过去。直到脚被踩了一下，他才抬起头，只见真由美满脸嘲讽。这个女人也让人难以琢磨。

“宫崎先生是东京那边临时借调过来的吧。还剩几年？”

“还剩一年零三个月。”

“所以才为这一类的人际关系苦恼？你真是个傻瓜。”伊良部爽朗地笑着，“不就才一年多一点吗，这儿都是陌生人，无论你干什么，都没人会记住你的。要是我的话，绝对会剃个莫西干头去政府上班。”

“那也太不像话了吧。”

“既然想做，干脆做一次不就得了？不是有这么一句话吗，叫‘借调在外不相识，出丑丢人无所谓’。”

“哪有这一句。”良平感到十分无助。

出了诊室，只见老人们正揪住推销 CT 的人，让他拍片。真是老年人的好玩具，明天传遍全岛，慕名而来的人一定会更多。

良平看看手里的背包。五十万——他叹口气，如果是伊良部的话，肯定会满不在乎地收下这笔钱。而且这个岛上的人们也不认为这是坏事。唯独自己是个另类。

良平驱车赶往政府时，正好与八木的选举车擦肩而过。今天的队伍比昨天还长。一些围着围裙的大妈干脆从车窗里探出身子，从派出所门前招摇而过。看来选举期间，连警察都对这一切睁一只眼闭一只眼。

当天晚上，回到町营公寓后，良平发现教员等岛外来的单身人士全被召集到了一个房间里，八木派的德本社长一伙人正在请大家喝酒吃寿司。走廊上的房门开着，良平无意间往里瞧了一眼，果不其然被拉了进去。

“喂，宫崎君，你也来吆喝两句。下一任町长肯定是八木先生，对吧？”

“啊，那个……”德本社长这句话让他直冒冷汗。矶田应该把那三十万给扔回去了啊。

“这个宫崎君啊，对八木先生的政策十分赞同。”

有些醉意的德本社长心情很不错。

良平眉头紧蹙。赞同？难不成钱没有还回去？否则他不会是这种反应。

矶田的嘴脸再次浮上脑海，良平怒从心头起。还说什么“谁会昧钱”，呸！这个岛上根本没有一个人值得信任。

“怎么样，宫崎君要不要也一同去海外视察视察？春天去新西兰旅行，拜访当地政府，参观教育现场，没事时再玩玩蹦极。”

良平环顾着人们的脸，虽然大家都面露苦笑，却没有拒绝的意思。

德本社长身旁就是东京旅行社的工作人员。从岛民的慰劳旅行到修学旅行，这些是否签约都会对选举产生影响，所以他们工作起来也格外拼命。

德本社长等人离开后，良平问公寓的住户们。

“各位都要跟着八木派混吗？”

“也不能说跟就跟，不过我目前对海外视察的事还是很感兴趣的。”最年长的一名男教员说，“与其弃权，还不如二选一呢。”

“对对，小仓派也来过了，说要给视听室装环绕立体声系统。可我明年就不在了。”

一名女教员一甩头发说道，看上去丝毫没意识到自己犯错了。大概是看出良平的表情不对头，来岛上三年的农业指导员开口说：

“我们理解宫崎君的心情。我最初也是这么想的，毕竟这岛上的势力之争也太过分了。可既然所有人都肮脏，自己一个人说什么也没用。小仓和八木都是一丘之貉，这种选举不是选貉就是选狸。而且岛民也没什么意见，所以我们这些外来的人干吗瞎掺和？”

“啊，或许是这样吧……”

“顺便问一下，宫崎君想入哪一伙？”

“还没决定呢。这且不说，问题是现在两大阵营都在逼我。”

“那可真可怜。”农业指导员莫名其妙地耸耸肩，“都说町政府内的争斗尤其火爆。不过一旦获胜，那可就鸡犬升天了。像那种虚假报销出差费之类，只有町长一派的人才能蒙混过关。至于各种工作补贴嘛，反对派的就直接被无视。而町长一派，只是下场雨，就给发雨天上班津贴。”

原来如此，难怪大家会翻脸，毕竟这四年里的收入差别也太大了。

“上次选举的时候，一个借调的职员就帮小仓町长拉了票，为了表彰他的功绩，町长在任期间让他直接做了助理。后援会无偿借给他皇冠车使用，而且司机就是八木派的科长，啊哈哈。”

听了这句话，良平越发觉得郁闷，再看看这些人的态度，就更加孤独了。大家知道抵抗是徒劳无功的，都随波逐流。

看来只有自己一个人顽固不化。莫非真如伊良部说的那样，随波逐流才是上策？

良平回到自己的房间后，头顶的住户——真由美的房间里传来一阵阵电吉他的轰鸣声，也没有旋律，就像工地的噪音一样。而且她还咚咚咚地踩地板。良平实在无法忍受，就去二楼敲门。

短裤加背心打扮的真由美闻声出来。“有事？”她满脸通红，生气地问。

“不好意思，能不能稍微把声音……”

“知道了。”

真由美当着良平的面，就砰的一声关上了门。

看来是真生气了。不过，那粉扑扑的胸口却深深地印在了良平的眼底。良平甚至想，要是做梦能梦见这一幕就好了。

5

第二天，瞅准室井外出的机会，良平把矶田叫到了停车场。

“怎么，宫崎，你也想主动帮助我们了？”矶田嗤笑着说。

“矶田先生，那三十万你到底有没有还给德本社长？你给我说实话。”良平横眉立目地抗议。

“啊，这件事啊。其实我也是为你着想，就把还钱的事稍微往后拖了拖。”

“为我着想？”

“你别这么吓人好不好。”矶田笑容满面，毫不在意地拍拍良平的脸颊，“我要是还了，你肯定会被八木派给绑架，受尽地狱般的折磨。于是我们想：就让八木派误以为良平是自己人，直到最后一刻才把钱扔给他们，跟他们突然翻脸。怎么样，这计划是不是很完美？不用谢我们。”

“不，这个……”

“你除了说‘不、这个’还会说什么？你还是个男人吗？你还算是个带把儿的吗？别弄没用的，赶紧把敬老会的人召集起来请他们吃一顿，选举战形势很紧迫的。”

明明心里有很多话想说，可就是说不出口。的确，如果现在就把钱还回去，事情会更麻烦。可要是一直这样沉默下去，就相当于欺骗八木派。

这时，清扫科的小林刚回收完大件垃圾回来。就算身为科长，也要去下边做事，这便是遭受打击报复的可怕之处。

“好了，拜托了。”矶田拍拍良平的肩膀离开。随后从卡车上下来的小林走了过来，表情十分可怕。

“喂，你刚才跟矶田商量什么呢？”

“没，没什么。”良平慌忙摇头。

“肯定是威胁你叛变。”小林瞪着矶田消失在大楼里的背影。

“哼，笨蛋。宫崎早就吃了糖衣炮弹，已经是我们的人了。”

良平的肚子像癞蛤蟆似的叫起来。这次真的是肠胃不适。

“先不说这个了，我刚才去回收垃圾，从温泉酒店的经理那儿得到一个重要情报，说是这次来的伊良部大夫，他父亲是日本医师会的理事，是位名流。”

小林兴奋地说。

“哦，是吗？”良平这才明白过来，怪不得伊良部像个不谙世事的公子哥儿。

“不仅如此，这位理事先生还有一个社会福利法人的头衔，听说他正在人口稀疏地区建造特别护理养老院呢。”

“哎？连这个都干？”

最近这种例子很多。专业医院跟地方自治体合作，拿补贴建造和经营养老院，这种事对双方都有好处。

“这次来的医生就是那个理事的儿子。也就是说，他来这儿是视察孤岛现状的。否则，一个大医院老板的儿子怎么会跑到这穷乡僻壤来。”

“真是这样吗？”

良平有点怀疑。那个医生怎么看都不像是带着那种任务来的。

“总之，他既然跟日本医师会有密切关系，我们就不能等闲视之。更何况一旦被小仓派发觉，他们肯定也会去拉拢的。室井那边，我刚才已经打手机通知了。他说一会儿就带着德本社长赶到诊所去。我也会去的。”

小林把极不情愿的良平硬拉到卡车上。大家手里的工作到底还干不干了？

诊所的院子里挤满了人。原来是岛上放学回家的小学生参观保时捷来了。“太棒了。”“真酷。”孩子们七嘴八舌，瞧瞧这儿摸摸那儿，车身上全是手指印。还有几个孩子敲敲诊室的窗户，央求伊良部：“大叔，让我们坐坐吧。”

“不能白坐。得拿点东西来，我才能让你们坐。”

“咸圆鲹鱼干怎么样？我家就做那个。”一个孩子说。

“不要那玩意儿。”

“那，皮卡丘的卡片呢？”

“机动战士高达的还行。”

伊良部跟孩子们讨价还价，跟小学生完全是一个水平。

“不愧是著名医院的大夫，你瞧，眨眼间就跟孩子们打成一片了，没一点架子，说明人家素质好。”

小林敬佩地说。真是这样吗？不过良平嫌麻烦，懒得理他。室井与德本社长也来了，看到医生与孩子们的互动后，表情也放松下来。

进了大门，里面挤满了老人，有的甚至自带蒲团坐在了地上。

“宫崎君，这是怎么回事？”德本社长惊奇地瞪大了眼睛。

“伊良部大夫弄了一台 CT 扫描仪，给销售方一个电话，就让人家送来了。敬老会的老人们觉得新鲜，都来看热闹。”

“这可不单单是一个派遣医生啊。”室井压低声音说，“一个电话，卖 CT 的就把机器送了过来。”

“大叔，这次的医生怎么样？”小林捉住一个面熟的老人问。

“好人啊。虽然上次那个医生也是好人，不过太认真太死板了。伊良部医生让我们随便在这儿玩。我们老年人就喜欢在有医生的地方玩。”

其他老人也加入了对话，七嘴八舌地议论着：“给我们慷慨地打针”“护士特别漂亮”“其实跟傻子没啥两样”……

“宫崎，你瞧瞧，人家眨眼间就成了老头老太太的偶像。”

“可是也有人说他是傻瓜啊。”

“人们不是常说吗，高明的医生天生就是个滑稽演员。”

“哦……”

良平把町上级领导来访的事情一说，一伙人立刻被请进了诊室。“欢迎光临——”伊良部拉着长音喊道。

“欢迎莅临千寿岛，岛很小，恐有诸多不便，但我们一定会全力帮您解决的，拜托您了。”

室井十分郑重地说，三人深深地低头致意。

“听说，大夫是志愿来这孤岛的？”小林说。

“唔，是我爸爸安排的，说是让我来这儿看一下。”

室井等人的眼睛顿时亮了起来。

“毕竟自己的业务也跟人口稀疏地区的养老院有关，不派亲属来一趟，面子上也说不过去。”

“您太谦虚了。”德本社长搓着手，“对了，大夫，前町长八木说想设宴款待您，略表欢迎之意，您看今晚方便吗？”

“今晚不行。刚才一个姓岩田的建筑公司的社长已经来过了，说是七点钟要跟町长一起吃饭。”

三个人的脸唰的一下白了。“町长，是小仓吗？”他们条件反射般问。

“嗯，说是要去温泉酒店。”

“那，我们就安排在明天晚上，您看……”

“行。不过饭菜得要有肉的。什么生鱼片啦火锅啦，这三天我都吃腻了。”

“明白。”

三人匆忙离开诊室。一到外面，小林就揪住良平的前襟。

“糟了，让人抢先了。那些人是怎么知道的？”

“你问我，我也不知道啊。既然小林都知道了，那小仓派的人肯定也知道。”

小林拼命地晃着良平，晃得他头都晕了。

“不行。一旦小仓也搞特护养老院计划，老头老太太的票就全让他抢去了。”

“等一下。计划谁都会说，可关键是伊良部医生。只要把医生拉过来，不就没问题了？”德本社长建议道。

“请恕我冒昧，我看那医生纯粹就是个浪荡子。”良平插了一句。

“闭上你的臭嘴。”

良平又被掐住了脖子。

“喂，宫崎，我有个好主意。”室井把脸贴过来，说，“小仓派并没把你当作敌人，我们就从这儿突破。今晚你也混进餐会。”

“好主意。小仓肯定也会给他好处的，搞清这个，我们就好出牌了。”德本社长说。

“不好意思，我最近肚子不太好……”

“傻子，在决战的关键时刻，你居然还有闲心闹肚子。”

小林结结实实地给良平来了个抱头摔。他恨得牙根直痒痒，都想哭了，凭什么自己要受这种委屈？

在伊良部的美言下，良平也获准出席当晚的餐会，因为他央求伊良部说了一句“把宫崎也叫上吧”。至于借口，他苦恼了半天，才编出“自己也想吃点好吃的”。他觉得只有这个谎言才能得到伊良部的理解。

伊良部所住的温泉酒店的客厅里，小仓、矶田、助理等人都在，另外还有后援会的岩田社长和渔协的塚原。坐在上座的则是身穿运动服的伊良部。

“怎么回事，宫崎？你怎么也在？”矶田瞥了一眼末席的良平。但伊良部说了一句“他是我的好朋友”，矶田顿时笑容满面，爽朗地说：“啊，大夫，宫崎这人机灵，有事您尽管招呼他。”

首先是小仓致欢迎词，众人一起干杯。“没想到能请到东京大医院的大夫”，“这才是有良心的医生呢”……尽管大家都在吹捧伊良部，他却只管没命地吃甜虾。

“大夫喜欢吃虾吗？”岩田社长问。

“嗯，要是再来点炸虾就好了。”

“喂，宫崎君，再加个炸虾。”

良平极不情愿地打电话又加了一份炸虾。

“对了，听说大夫的父亲热衷特护养老院的建设事业……”

町长小仓立刻切入正题。

“千寿岛拖了许多年的一件事，就是岛民的高龄化问题。近年来，年轻人去了岛外就不回来了，所以养老又成了一个新问题。以前都是由长子照顾老人，可随着时代的发展，现在得由自治体来帮他们养老了……”

“町长，那个，你不吃吗？”伊良部用筷子指指小仓的盘子。

“啊？啊，甜虾啊。请、请。海鲜就是我们的家常便饭，呵呵呵。”小仓傻乎乎地笑笑，“喂，把你们的也都给大夫。”

顿时，伊良部的盘子里堆满了甜虾。

“所以，町上想趁这个机会，正式向上级提出请求……伊良部大夫，您看如何？您明天或是哪天有空跟您父亲说一下，我们再具体谈招商的事宜吧。”

“这也太急了吧。”伊良部一面大口嚼着甜虾一面说。只见他用手捏着虾尾，放进嘴里咻咻地吮吸。

“好事不宜迟嘛。至于预算，我们这儿是个小町，问题肯定是不大的，呵呵呵。”

“那个，请允许我也啰唆两句，”岩田社长接过话茬，“您也知道，现在岛上的选举战正如火如荼，町长想把建设养老院一事当作新承诺打出来……就说我们已经跟东京的社会福利法人交涉过，并取得了对方的好感……”

“东京的社会福利法人？就是说由我爸爸来做？”

“对、对。”

伊良部嘟着嘴，一副没听明白的样子。

“不好意思，我是个直爽的人，就开门见山了——想请大夫来做我们的监护人。”

说着，矶田跪到地上，两手拄地。町长和助理也纷纷效仿。良平也无奈地照做。

“宫崎先生，什么是监护人？”伊良部问。

“啊，说白了就是保镖。”

“嗯，听上去还挺酷的。”伊良部眼里浮出得意的眼神。

“那肯定是。有了大夫的帮助，那绝对是以一顶百。”矶田的声音听上去十分激动。

“伊良部大夫就是我们的希望之星，请务必帮我们实现夙愿，实现养老院计划。”小仓说。

你们什么时候有过这个夙愿了？良平在心里咒骂。

伊良部啃着刚刚端上来的炸虾，嘴上全是酱。这个人的食欲简直跟猪不相上下。“那，你们想让我做什么？”他边吃边问。

“首先，请您在周末的演讲会上跟町长一起登台，然后向选举人宣布一下，证实这个承诺的真实性……”岩田社长说。

“就这些？”

“目前就这些。”

町长使了个眼色，后援会会长岩田立刻从包里取出一个信封，从厚度来看至少装了一百万。弄得良平都紧张起来。这可是赤裸裸的行贿啊。

"这是顾问费，还请笑纳。"岩田社长紧张地递过去。

千万不要接受——不知为何，良平竟祈祷起来，因为他觉得伊良部虽然看似一个怪人，可心灵还是纯洁的。他只是个不谙世事的孩子，不是俗物。

但是，伊良部把递过来的信封接到手里，瞧瞧里面，像妖怪一样发出一阵"呼呼呼"的瘆人的笑声,然后把信封塞到运动服里。小仓等人的表情这才放松下来。

"大夫，再干一杯。"矶田站起身，斟上酒。

"来，为庆祝养老院建设与伊良部大夫的莅临，为庆祝这双喜临门——"

"干杯！"大家齐声喊着。

矶田的脸笑成了一朵花，大家纷纷吐了口气，全都放下心来。

良平则不屑地用鼻子呼着气，一股脑儿把啤酒倒进喉咙。天下乌鸦一般黑，这世道就是一堆臭狗屎！

6

伊良部收的钱正好是一百万日元。第二天早晨，良平被室井打来的电话叫醒。一五一十地把昨晚的事说了一遍后，对方发出一声尖叫，随后命令他“无论如何也要把金额弄清楚”。于是，良平去了诊疗所，结果伊良部轻而易举地向他透露了信封里的数额。

“呀，千寿岛的选举还真是不错。一百万，呜呼呼。买点什么好呢？”伊良部很高兴，露出一脸卑鄙的笑容。

“我真是看错了大夫，你身为著名医院的继承者，居然被区区一百万给收买了。”

良平冷眼相对，谴责着伊良部的行为。他已经用不着客气了。

“我卖便宜了？完了！还能要到更高的价？”

“我不是这个意思，我是说大夫你为金钱出卖了灵魂。”良平语气强硬。

“可人家硬给怎么办？不要岂不是亏了？”

伊良部不服气地嘟着嘴。看到他如此幼稚，良平连说话的力气都没有了。

“对了，大夫，今晚是八木派的款待，八木派肯定也会提养老院的事，你可要做好思想准备。”

“这关我什么事。关键是，盖养老院哪有那么简单。”

“小仓派和八木派争夺的并不是能不能实现的问题，而是能不能作为竞选的诺言。只要拉到敬老会的票当选就行，后面的事肯定会糊弄过去的。”

“那就更不关我的事了。喂，真由美，来两杯咖啡。”

伊良部慢吞吞地抠着鼻子。良平惊讶得目瞪口呆。

“八木派一定会在一百万的基础上再加上几十万，让你支持他们。”

“是吗，如果这样，我就支持八木派。”

良平盯着伊良部。他现在才弄明白，这个人根本就是傻瓜。

“大夫，这个岛上的选举不是你死就是我活，你愿意像我这样被卷进去？”

“反正又不会让人给杀了，再说，两个月后我就不在这儿了。”

这时候，一个在候诊室玩耍的老太太进来了。“大夫，我从小仓的后援会那儿听说了，说是您要建养老院？嗨嗨，太好了，真是太好了。”说着，老人还双手合十地拜了拜。

“不是我要建，是当町长的人要搞一搞。”

“听说大夫要支持小仓？”

“目前是这样。但说不定到了明天又会换成八木派呢，哎嗨嗨。”

“那伊良部大夫支持谁，我们就支持谁。敬老会的人都是这个意思。”

老太太认真地说完，离开了诊室，然后把诊所内的老人集中起来，叽叽喳喳地商量。

“这我管不着，反正是你真正决定他们的命运。”

良平盯着伊良部，说。

“我说宫崎，我看你就是瞎操心，所以才把肚子给搞坏了。对了，得赶紧给你看一下。喂，真由美。”

真由美把注射台拉来，让良平偷看了乳沟后，又用指头戳了戳他的额头，每一次都让良平感到虚脱。

这天晚上，良平同样参加了款待。这次他也想逃开，却被室井硬是拉去了。

在古朴的饭馆雅间里，以八木为首，后援会的德本社长、室井、小林等人都围着桌子端坐。伊良部像昨夜一样，仍是一身休闲的运动服打扮。

八木首先介绍自己：

“我八木勇是前町长，现在是各种团体的干事。想必您也知道，这次的町长选举，我赌上了自己的政治生命再次出马……”

“太好了，是五花牛肉。”肉盘子端上来后，伊良部两眼直放光。

“因此，这次无论如何也要夺回町长的位子，厉行改革……”

“鸡素烧、鸡素烧吗，我太高兴了。”伊良部用鼻子哼起了小曲。

八木脸上挂着假笑，正襟危坐。

“……啊，吃吧。伊良部大夫好像是肚子饿了，哈哈哈。”

“肉是从东京的三越送来的，葱是下仁田产的。”德本社长介绍道。

“我讨厌大葱。”

“啊，是吗……”德本冒出了汗。

“大家都吃啊。”

“哈哈，谢谢关心。”

良平觉得无聊至极，连一句话都没说。

干杯之后，老板娘用铁锅煎好牛肉，分盛到伊良部的小碟子里。伊良部哧溜一口吃到嘴里。老板娘又急忙分给他一块，伊良部哧溜又是一口，就像在表演吃面大赛似的。

“大夫，最好是再吃点青菜。”

良平粗鲁地说。室井立刻敲着他的头，说：

“喂，怎么跟大夫说话呢！”

“呀——呀——”伊良部十分高兴。

岛民们怎么就没发现这个人是傻瓜呢？

事先备好的五公斤肉眨眼间就没了。“吃光了，吃光了！”伊良部伸开腿，摸着肚子。

德本社长使了个眼色。

“伊良部大夫，其实，让您大老远跑一趟是有原因的……”

大家重新正了正坐姿，八木也正了正领带。德本社长开口说：

“其实，关于特别护理养老院一事，想必您已经从小仓阵营那边听到过了，那个养老院，您看能不能交给我方……之所以这么说，是因为八木拥有一个体育中心，土地已经有保障了。如果能建在这上面的话，对广大的岛民来说不啻为一大福利设施，对那些与大夫您的父亲有关的社会福利法人来说，也是值得自豪的一件事……”

“我无所谓，哪边都行。”伊良部一边吃着冰激凌甜点，一面说，

“总之就是要加到选举的承诺里，对吧？”

“呃，对，没错。”

德本社长清了清嗓子，从包里取出一个信封。哇！良平在心里大叫起来，比昨天的要厚一倍，也就是两百万。

“我们知道这样做有些失礼，不过，伊良部大夫，这些只是顾问费，请您收下。然后，周末的演讲会上请务必加入八木一边。”

室井等人紧张地等待着。只见伊良部哧溜一下，把放在冰激凌上的一颗樱桃吸进嘴里。同时，他的右手也哧溜一下伸了过来，抓起桌子上的信封，连看都没看就装进了运动服里。

“呼呼呼——”不一会儿，伊良部才发出一阵像从沼泽地里冒出来的气泡般的笑声。

“大夫，谢谢！”室井红着脸大声说。其他人也纷纷点头致谢。

关我什么事——良平欲哭无泪，也低下了头。

“呀，大夫就是通情达理啊，呵呵呵。”八木发出尖利的笑声。

“不过，说实话，我昨晚从小仓那边也收了一百万。”伊良部说。与其说他正直，真不如说是头脑简单。

“没事。过后交给宫崎就行，他会负责还回去的。”室井说。

“哎？不，我、我、我——”良平瞪大了眼，连舌头都不利索了。

“闭嘴。这么做是为了千寿岛，也是为了你自己。”说着，小林又把良平的脑袋夹在了自己的腋下。

自己到底是什么立场？良平这一瞬间也无法判断了。八木派塞给他三十万，结果被小仓派没收。小仓派又给了他五十万，结果那钱现在仍在背包里。然后今晚，他又要把小仓派给伊良部的一百万替伊良部还回去。

这都哪儿跟哪儿啊？良平完全糊涂了，脑袋也晕乎乎的，意识渐渐模糊，然后当场栽倒。

“喂，你没事吧？”

连小林的声音也模糊起来……

“宫崎先生，你怎么昏迷了？喝多了可不好哦。”

第二天，当良平去找伊良部时，伊良部用圆珠笔挠着头慢吞吞地说。

“我只是喝了一点啤酒。大夫也在场，又不是不知道。”

良平扬着下巴抗议。他对伊良部已经没有一丝尊敬之意。

“别生气，我只是开个玩笑。总之你是植物神经失调症，这种情况常有的。”

“植物神经失调症？”

“对，就像成人麻疹一样，不用在意。”

伊良部看都不看，依然在病历上画着高达的画。

“可是我担心啊。怎么办？”

“要不你就休假回东京？”

“我也想啊，毕竟在这边待着，就像一只不小心闯进野生动物园的家犬一样。”

良平说着说着，眼泪竟不知不觉掉了下来。

“有什么好哭的。”

“我哭了？都这么大的人了还哭鼻子，是不是很奇怪？”

“情绪不稳定……”伊良部在病历上飞快地写着。

真由美默默地扔过一条毛巾。良平接过来，擦着眼泪。

“对了，小仓等人给的一百万，先替我还回去吧。”伊良部把信封递给良平。

“大夫，你是魔鬼吗？我现在精神都快崩溃了，你居然还让我替你还钱，亏你好意思。我肯定又会被小仓阵营集体批斗的。这一点，大夫不会不明白吧？”

“可那个叫室井的人说，宫崎先生会帮我还的，所以我才收人家的钱啊。”

“好了，别装得像个小孩似的……关键是你这么容易就叛变了，真让人难以置信。”

“我是第三者啊，就像职业棒球的自由球员一样，嗨嗨嗨。”

“你脸红不脸红啊？还笑呢。一旦把一百万还给小仓派，他们会立刻展开新的金钱攻势。”

“车到山前必有路。”

伊良部满不在乎。他的乐观精神让良平简直不敢相信。

由于预料到小仓派肯定会反攻，室井严令良平：“你的眼睛片刻不能离开伊良部大夫半步。”当良平反问政府的工作怎么办时，室井却血红着眼说：“如果输了，你连工作都没了。”

良平照例被打了一针。正在掉眼泪的时候，真由美抚摸着他的头说“好了好了”。良平很意外，抬头一看，却被真由美嗤笑了一通：“哼，没出息。”

良平的心情越发消沉。他甚至觉得，或许真的只有自己不行。

他把一百万装进背包里回到单位后，矶田正好要出门。

“喂，宫崎，正好碰见你了。开作战会议呢，现在就去‘海豚’。”

矶田朝斜对面的咖啡厅扬扬下巴。

“那个，其实，伊良部大夫……”良平结结巴巴地说。他打算豁出去了。

“哦，伊良部大夫啊。关于他，我也正有话要跟你说呢。这次的演讲会，你能不能请那位大夫说两句？听说你跟他关系不错，你能不能帮我求求他，简单地打个招呼就行。”

“啊，所以这事……”

“总之，你先进去再说。”

良平被连推带搡地弄进了咖啡厅。里面有岩田社长和渔协的塚原，还有一个三十来岁浓妆艳抹的女人。良平听了介绍才知道，这女人是小仓町长的女儿，虽然嫁给了东京一个经营建筑公司的人，可为了选举，户籍并没有迁过去。

“你就是宫崎先生啊，真高兴见到你，请助我父亲一臂之力。”

说着，那个女人突然扑了过来，一股浓烈的脂粉气味扑鼻而来，良平仓皇失措。

良平被领到里面的桌子边，那儿有更多的支持者，大家一个个跟良平握手，甚至还有人泪眼汪汪地说“宫崎君，多谢”。

“小仓先生当选之际，你就是大功臣，我们是绝对不会亏待你的。首先帮你把住处搬到海角的町营别墅里。反正那儿也经营不善，空荡荡的。车子嘛，后援会的皇冠车让你随便用。”岩田社长抱着良平的肩膀说。

“啊，那个……”良平的话刚到嘴边，又咽了下去。不行，看这架势，自己还不能说。

“那个，今天把大家叫来，就是想商量一下让不在岛上的选民提前投票的对策问题。众所周知，上次选举时，岛外的年轻人的票全被八木拉走了。为了防止重蹈覆辙，我们这次要玩个超高难度的动作。我们的目标是那些卧病的老人。”岩田社长站起身来，热情洋溢地说。

“那，是不是连做干鱼的老头儿也算进去？”

“当然。”

“可他早就老糊涂了，连儿子的脸都认不出来了。”

“这正是我们的用意所在。只要把他弄到轮椅上，推到町政府那边，剩下的矶田就会搞定。幸运的是，千寿岛上光患痴呆症的老人就有三十个。我们要一家一家地把票全都拿到手。”

“好计划。”大家的情绪高涨起来。

还真敢乱来啊——不，还是先处理伊良部交给自己的钱再说吧。

“怎么样，宫崎？这件事也交给你了。”矶田说。

“哎？不、不、不行。”

“没事，你肯定能行的。你以让伊良部大夫看病为由，把他们从家里骗出来。然后随便让大夫给写个诊断书，再直接推他们去政府。当然，你和大夫的好处费，我们会单独给的。”

“我、我、我恐怕够呛。”良平顿时觉得呼吸困难。

“宫崎,求你了。”小仓的女儿把丰满的胸部硬是往良平身上挤，“要我怎么谢你都可以。”

“啊，我是说……”良平甚至产生了一种氧气不足的错觉，使劲用手拍打着胸口。

“哦，明白了，你的意思是交给你了，是吧？”矶田高兴地说。

“那你就是答应了，太高兴了。”小仓的女儿搂住良平的脖子，把脸贴了过来。

良平痛苦地挣扎着，脸肯定羞得通红了吧。这也是植物神经失调症的症状？先让我喘口气……

“小慧还是那么奔放，弄得宫崎都害羞了。小心你老公忌妒。”

“别再提那个死鬼，薄情寡义，选举连个忙都不肯帮。”

良平的眼泪再次流了下来。

“哦、哦，宫崎高兴得都哭起来了。”大家笑着起哄。

“得再加点经费才行，提前装在你背包里了。”

说着，岩田社长把一个新的信封塞进良平的背包。良平想大喊一句“等一下——”，却怎么也说不出话。

良平从座位上站起来，想呼吸一下外面的空气。对方却说：“那就拜托了。”良平敷衍着他们，连滚带爬地从店里逃出来，踉踉跄跄地往町政府走去。当空气终于流进喉咙的时候，他不由得咳嗽了半天。

良平今天想早退。他现在只想捂着被子睡大觉，反正在投票日之前没人干活。

7

良平托辞患了感冒，接连两天没去政府上班。事实上他真的在发烧。肯定是不堪重负的压力把他压垮了。

外面到处是选举车的喇叭声。从窗户往外瞧，两大阵营全都出动了有十多辆车的车队，不时还响起伊良部那辆保时捷的爆破音。那是伊良部载着一车小学生在马路上兜风，孩子们清脆的笑声在山里回荡。整个岛都处在焦躁状态之中。

两大阵营每天都给良平打电话。矶田催促他给提前投票的人做工作，室井则命他报告在敬老会拉票的进展情况。明明想逃到天涯海角，可良平的嘴巴仍在回答“我正在弄”，于是乎，他的体温越来越高了。

双方有一个共同的要求，就是让他把伊良部医生带到演讲会场。小仓派是在渔协会馆，八木派则在体育中心，还都是在同一天——就是明天，而且是同一时刻举行。

良平的目光无意间落到了角落里的背包上。前几天小仓派塞给他的追加资金是三十万，也就是说，他的背包里现在总共装着一百八十万日元。

良平揪着头发想，事情怎么会变成这样呢？自己明明什么都没干呀。

索性死马当活马医吧，去诊所看看能不能找到办法。伊良部脸皮厚，说不定能帮自己一把。

“怎么，那一百万还没还回去？”见面第一句，伊良部就问钱的事。

“我张不开嘴啊。大家全都把我当成了自己人。”

“你真不负责任。”伊良部嘟着嘴。

“这应该是我的台词吧？”良平不由得提高了嗓门。

“管它是谁的。不好办？”

“是太不好办了。”良平觉得血往大脑里冲，呼吸再次困难起来。

他做了几个深呼吸，决定先把目前的状况说明一下。伊良部让真由美冲了咖啡，慢悠悠地吃着曲奇。

“不过，还真是拼金钱实力的选举啊。”伊良部说。

“虽然整个日本全都是这样，可是在选举人少的地方，就会用拉拢个人的方式来加分。”

“有道理。所以，宫崎先生的背包里现在有一百八十万日元对吧？你每天背着走来走去多危险，干脆我给你保管算了。”

良平没有回答，而是死死地盯着伊良部。伊良部煞有介事地绷着脸，连声音都装模作样：“有什么不对吗？”

“我不干了。”

“什么？”伊良部顿时变得嗲声嗲气。

“大夫你这个人根本不可信。”

“哟，你这句话可是针对医患关系的重要发言啊。”

“别开玩笑了，赶紧想一下对策吧。明天就是演讲会了。”

伊良部皱起鼻子，咯吱咯吱地挠着头。“真麻烦。”

“谁让你拿人家的钱来着。”

“明白了。那我就趁机溜走，两头都去。不是说只打声招呼就行吗？”

“你真想这么办？”良平皱着眉，“两场会可是同时开始的。”

“我开着保时捷嗖的一下就飞过去了，这边中途退场，那边迟到一下，总能解决的。”

“你要真这么搞的话，会立刻穿帮。”

“管他呢，车到山前必有路。你这人就是瞎操心，要不还得不了神经病呢。”

伊良部窝在沙发里喝着咖啡，嘴里还不住地自言自语：“嗯？既然两头都去，小仓派的那一百万是不是就可以不用还了？”

这怎么可能呢？良平刚想发火，可话还没有说出来，就一声叹息。

这时，一阵敲门声响起，一名老太太露出头来。“大夫，明天您去哪头？”看来，她是代表敬老会打探情况来了。

“两头都去。”伊良部说。

“两头都去？”对方皱了皱眉，返回了候诊室。

真希望能来一场台风啊，良平幻想着。但大冬天的，怎么可能刮台风呢。那至少来一场暴风雪也行。也不对，这儿是南面的岛，很少下雪。

良平真想逃避，他甚至都做好了最糟糕的准备——没准海底的火山就要爆发了。

第二天是一个可恨的大晴天。就像过节一样，整个岛上充满了热闹的气氛。渔协的方向传来焰火的声音。不久，体育中心那边也燃放起了烟花，简直是一场运动会。

公寓的住户们也要去看热闹，一名教员还笑着说：“上一次，听说小仓的会场里还混进了间谍，怒号和臭鸡蛋在满天飞。”看来大家都是唯恐天下不乱。

平时闲散的小町中心的街道唯独这一天拥堵起来。连卖章鱼小丸子的小吃摊都出动了。伊良部赶紧停下保时捷，买了三盘。

“宫崎先生，你也来点？”

“没食欲。”

“还挑食。”

良平甚至都没力气反驳他。

真由美坐在车后座上，伸手抓着章鱼小丸子。她照例是一脸不高兴。

“大夫，你去问问要不要打工的女播音员，只不过一天要补贴三万日元。”

谁会雇如此傲慢的女播音员啊？

几个人首先去了渔协会馆的小仓派演讲会，给八木派那边打电话撒了个谎，说是遇到个急诊患者，晚一会儿再过去。

入口处有几个后援会成员模样的人对入场者做检查，防止八木派的人溜进去。小型体育馆里挂满了各色各样的大渔旗。这是以渔协为票房大本营的小仓的一场表演。会场里还播放着鸟羽一郎的演歌。桌子上摆满了啤酒和寿司，支持者们围坐在一起。孩子们则在会场内跑来跑去，稚嫩的童声在四处回荡。

伊良部直奔桌子上的寿司，一口塞进去两个。此人似乎从来不知道什么是紧张。

“大夫，欢迎光临。”矶田搓着手跑过来，“请赶紧上台。”然后像牵牛一样把大块头的伊良部拉上舞台。

舞台上摆了一排椅子，伊良部被让到了中央的位置。椅子后面的墙壁上贴着纸，上面写着大大的几个字“医学博士　伊良部一郎先生”。

町上的名流轮番给伊良部行礼。这样他都能若无其事，真令人佩服。

开场时间到了，后援会会长岩田社长握住麦克风，开始发言：

“诸位，决战的时刻到了。我们已经没有了退路。为了赢取我们正当的权利，也为了让千寿岛更加美好，你们的选择只有一个，这次还要选小仓武当町长！”

热烈的掌声响起。扎着头巾的渔民们用粗犷豪放的声音吼着：“没错、没错！”

接着小仓登上讲台。他的脸色比平时在政府里更红润，看来是换上了一张选举专用的面孔。

“千寿岛的各位父老乡亲们，我很生气，因为我花了四年时间呕心沥血，精心打造整顿港湾的工程计划，有一个狂妄之徒却想把它化为乌有，这个人的名字就是……”

“八木勇那个人渣！”

“没错。八木勇眼里只盯着自己的钱包。”

一些好事者趁机从会场里冲上来。一时间，讲台跟观众席混为一体，大家纷纷开口谴责八木。

虽说这阵势早已司空见惯，可如此露骨的诋毁却让良平十分生厌。总之，大家的意思就是一旦让八木当选，岛上的人就会吃亏。

“各位乡亲，今天我是带着一个新的承诺来到这里的，那是所有的孤岛此前一直期望，却没能实现的梦想——特护养老院的建设计划。或许有人会说，这不过是一个不满三千人的区区小岛，你在胡扯些什么呢。可是这一次，我却凭借着与中央培养的多年关系，成功地将这个愿望变成了一个切实可行的计划。通过跟社会福利法人共同合作的方式……”

观众们认真地倾听着小仓的演讲，看来大家还是对养老院很关心的。

小仓说一旦自己当选，就立刻将这个计划付诸实施。当然，他现在连预算的一点影子都没有。小仓和八木的算盘都一样，就是一旦当选，剩下的就是自己独断专行了。

“因此，经过一轮轮认真的谈判，这一次，我们终于迎来了日本医师会的重镇，同时身兼社会福利法人理事长的——东京伊良部综合医院院长老先生的公子莅临和视察。”

良平完全惊呆了，明明前几天才知道有这么回事，他就敢在这儿胡说八道……

“下面我为大家隆重介绍伊良部一郎先生！”

小仓意气风发地叫着伊良部的名字，观众席掌声雷动。敬老会的老头老太太们叽叽喳喳地议论着：“咦，伊良部大夫站到小仓这边了？”

只见伊良部从椅子上站起来，热情地挥挥手。

“大夫，请您简单讲两句。”岩田社长说。

“呃，说两句？”伊良部不情愿地皱皱眉，可还是站到了麦克风前面。

大家都在凝视着他。

“特护养老院，FOUR[①]！”

伊良部突然发出一记怪声，做了个最近很流行的艺人的招牌动作，甚至连腰都扭了起来。

大人们全都静悄悄的，谁都没动。可孩子们却沸腾起来。

“再来一遍，再来一遍。”孩子们吆喝着。

“哎？再来一次？”见自己如此受欢迎，伊良部很高兴。

良平捂上眼睛。从来没见过这种傻子。啊，对了，真由美。良平跑到窗口，给在外面待命的真由美使了个眼色。

真由美从胸口取出手机按了一下。讲台上，伊良部兜里的手机顿时响了起来。这是他们事先商量好的把戏。

伊良部拿起手机。

①日本流行语。搞笑艺人组合住谷正树和出渊诚的口头禅，是无实际意义的句末语气词，发音类似英文的 Four。

“干什么，人家正在兴头上呢。嗯、嗯……急诊患者？埃博拉出血热？那可严重了，我马上回去。”

“说是有急诊病人，再见。”伊良部朝呆呆站着的支持者们轻轻挥挥手，走下舞台。谁都没有做声，只有孩子们追在后头，依然纠缠个不停。

离开会场后，三人跳上保时捷，一溜烟冲出去。

“很顺利嘛。”伊良部说。

“这还叫顺利？”良平欲哭无泪。

“凡事只要不出人命，就是成功的。”伊良部像天才傻瓜的爸爸[①]似的信口开河。良平觉得很神奇，居然被他无意间一句话说中。这大概也是自己性格懦弱的缘故吧。

轮胎呼啸着，车子不断转弯。体育中心建在半山腰，距离码头有十分钟的车程。

室井早就在会场前恭候多时了。

“快、快，八木先生的演讲已经开始了。”室井向伊良部深深地鞠了一躬，“大夫，拜托了。只要有特护养老院计划，我们就能成功。”

室井的哀求让良平十分痛心。他要是知道伊良部也参加了小

---

①漫画家赤冢不二夫的漫画《天才傻瓜》中的人物。

仓派的集会，不知该有多生气。当然，说不定今晚就会露馅的，一切都是敷衍了事。

几个人匆匆走进会场。

“大夫，拜托你别再用那个‘FOUR’了。”良平小声说。

“什么？明明很受欢迎的。”伊良部一点也不服气。

讲台上的八木正好讲到特护养老院的计划。看到伊良部后，他越发意气风发，高声地宣布：“各位，欢迎伊良部大夫在百忙之中莅临会场，呵呵呵。”

伊良部在热烈的掌声中登上讲台。“我们恭候多时了，大总统！”支持者纷纷打着招呼。伊良部像演员似的挥着手，走到讲台中央跟八木握手。

千万不要再出幺蛾子了。良平在舞台的侧面祈祷。

“下面，有请伊良部先生为我们讲两句。”主持人德本社长宣布。

大家全都注视着伊良部。

“特护养老院，FIVE！”

伊良部伸出双手做着手势。台下一点反应也没有，大家全都一头雾水。后山上的乌鸦却叫了起来。

“不行吗？FOUR 的下一个就是 FIVE 了啊，哎嗨嗨。”伊良部也有点害羞。

良平再次捂住眼睛。真是一个国宝级的傻瓜。一旦玩砸了，结果将无比悲惨。更主要的是这个会场的人恐怕还不知道刚才发生的事情。

“等一下！”

这时，一个刺耳的声音从观众席后面响起，说话者是一个脸色黝黑、身体健壮的男人。

“那个伊良部大夫，刚才还在小仓的演讲会上呢。我刚用手机确认的。他居然也是这边的特护养老院计划的监护人，这也太不像话了吧？”

所有人的视线都投向了伊良部。场内骚动起来。

“大家都上当了。这个承诺是小仓在先，八木只是后来加塞的。伊良部大夫肯定是被花言巧语骗来的。”

另一个男人也大声吆喝起来。再一看，这个男人旁边还站着几个渔民模样的人。

“伊良部大夫，您去小仓那儿的事是真的吗？”德本社长脸色铁青。

“那个，肯定是跟我模样相似的人。”伊良部若无其事，信口开河地辩白，“问题是他们肯定是间谍，你们就这样放过他们？”

“喂，那几个人是渔协的家伙。让他们站着进来，躺着出去。”有人喊道。

“胡说八道。上一次你们派农协间谍的事，我还没说呢。”渔民们反唇相讥。

“大家都听听，都睁睁眼吧，八木什么都不会。他顶多会建个新场馆而已。政治上的事他一点都不懂。”

“嘴真烂。小仓才不懂政治呢，只是养肥了渔协和自己，每次都对农民敷衍了事。”

接下来的一瞬间，一大片黑色的物体飞上了天，同时飘起一阵阵刺鼻的恶臭，原来是渔民们在四处乱扔偷偷带进来的鱼杂碎。

“让你们吃个够吧，这可是现捕的冬鰤哦。”

接着，连章鱼和乌贼也漫天乱飞。被砸中的一方反手再扔回去。女人们并没有四散而逃，全部开始应战。良平平生第一次见识到这种大混战的场面。

“去死吧”“滚出岛去”，四下里的咒骂声和怒号交织在一起。

伊良部呢？良平一回头，只见他笑嘻嘻地早已加入了战斗，正在怪叫着扔鱼杂碎。

真由美一副对岛民不屑一顾的表情，独自一人在角落里抽烟。忽然，一坨章鱼完美地命中了她的脸。

“弄死你——”她顿时冲过来，冲着那渔民的后背就是一脚。

大家一个个生龙活虎，精神焕发。良平一面看着眼前的光景，一面用清醒的大脑思考着。

好嘛，町长选举让整个岛变成了一场吵架的盛宴。大家能忍耐平日的无聊，就是为了这四年一度的感情大爆发。没有一个岛民希望公正和平地选举，只要这场盛宴足够火爆就好。

这时，良平的衣领忽然被人从身后抓住，回头一看，是室井。

“宫崎，你小子叛变了？”室井急红了眼。

“不是的。你、你、你听我说。”

可还没等他说完，额头上就挨了重重的一击，眼前金星乱舞。原来是对方使出浑身力气用头撞向了他。

“明天再跟你算总账，你就洗好脖子等着受死吧。”

室井撂下一句狠话后加入了混战。良平再次觉得呼吸困难。他捂着胸口蹲下。就在这时，一条鲕鱼的大脑袋飞过来，又一次狠狠击中了他的额头。

8

两大阵营的骨干全都汇集在面朝大海的山丘上的诊所。其中有许多人脸上贴着创可贴，向人们诉说着昨天混战的激烈程度。伊良部待在人群中央，像个挨训的淘气孩子似的嘟着嘴。良平也被迫坐在一旁。候诊室里，敬老会的人们则竖着耳朵，生怕听漏了什么。

“也就是说，伊良部大夫把一百万的顾问费交给了宫崎，让宫崎代还，结果宫崎一直没能说出口来，然后就拖到了演讲会那天。于是，进退两难的宫崎想了个臭主意，把伊良部大夫带到了两头的会场……”八木派后援会会长德本社长说。

“对对……”伊良部像只啄木鸟似的连连点头。

“不，那个——”良平的脸比吃了黄连还难看。明明首犯是伊良部，为什么罪过全推到了自己头上？

“不要狡辩，是男人就要承认错误，对就是对，错就是错。”室井说。

“没错，他一直都没有明确的态度，总是黏黏糊糊，结果才招致了这种事态。”矶田说。

大家根本不给良平反驳的机会，单方面对他展开了批判。伊良部一点也没有遭受责难。事情到了这种地步，双方还给他面子，就是因为伊良部有后台。他爸爸是福利医疗界的大人物，谁都不想断了这条门路。

“不过，八木依然是擅长作弊，玩石头剪刀布时总是晚出手。”岩田社长讽刺说。

“你胡说。小仓只知道行贿，除了这个，他还会干什么？”德本社长反唇相讥。

总之，双方之间至少达成了一个君子协定，即通过互相通风报信，弄清了事情的来龙去脉。同时，桌子上还摆着那几个装钱的信封。

至少在钱的问题上，良平是松了一口气。背包终于变轻了。另一个当事人伊良部则极不情愿地交出了二百万。

“不用不用，伊良部大夫就算了，因为我们给的只是顾问费。”

德本社长微笑着说。

“既然这样，那我们也再添上一百万，也给两百万做顾问费。”岩田社长翻脸说。

“我看，干脆就让一切都归零吧，否则这儿又变成一场拼钱的竞赛了。”

良平建议说。考虑到双方都不好意思伸手，良平强行把各自的信封塞回给了两个阵营。

经过短暂的沉默后，双方说着“既然这样……”，终于都做出了让步。

伊良部掐了一把良平的肚子。良平也毫不示弱地掐了回来。

这时，一个老太太走了进来，“事情都谈妥了？无论如何，下个星期天就是投票日喽，嘿嘿嘿。”老太太笑了起来，露出了金牙。

“老头老太太们的心眼儿可真坏，总是幸灾乐祸，选举时老这么干。”矶田恨恨地挖苦说。

“哦，这话你真敢说吗？敬老会的票可是超过七百张哦。”

“啊，抱歉。我收回刚才的话。你们要是给我们投票，哪怕给你们揉肩膀也行，干什么都行。”

“对了，你们敬老会到底是什么态度？当着双方的面，你们也别藏着掖着了，把真心话跟我们说说。你们到底想要什么？”

室井粗鲁地说。看来他已经累了，不愿意再去做工作了。

“我们以前早就说过了。敬老会会追随伊良部大夫，我们就是想要特护养老院。”

老太太的话让大家都沉默下来。这才是岛民切实的声音。不止是老年人，连出岛打拼的年轻人也赞同。行政工作就是要满足他们这种要求，不能把福利和医疗当作选举的工具。良平不禁为自己的渺小感到羞愧。

“喂，你们都听到了吧？站在我这边呢！呼呼呼。”伊良部说。

“你又在瞎说什么呢？你既不是候选人也不是选举人。”良平轻蔑地瞥了他一眼。除了伊良部，大家全都发出了叹息。

“可是，既然希望建特护养老院，那么两个阵营都把这件事当作选举承诺不就行了吗？”良平发言道。

“哪儿有那么容易。”德本社长说。

“为什么？不管哪一方当选，只要去建造特护养老院就行了。既然这样，敬老会凭其他的承诺和政策来选举町长不就行了吗？”

“你知道什么，要是双方都一样的话，什么事也实现不了。因为这儿的公约是，项目只有在独属于一家的时候，才会率先实施。一旦双方理念相同，就会永远往后放。”

“你这也太不讲理了。”

“你也太天真了。”

岩田社长接过话茬，用淡淡的口吻说：

“千寿岛是个人口稀少的岛，既没有资源又没有财源，搁在其他地方，居民都会穷得叮当响。可大家还是勉强过上了基础设施完备的文化生活。这是为什么？就是因为有了选举。如果是平平稳稳的选举，町长肯定什么业绩都不会干，连町政府都会享清闲。正因为有这种几票之差就能咸鱼翻身的宿敌，大家才会拼命地发展公共事业。就是因为这种独有的公约。这个孤岛只靠正义感是无法运营的，贪污受贿算是正当防卫。东京人一出生就理所当然地拥有医院和学校这些设施，是不会明白这一点的。”

良平沉默了，燥热的大脑倏地一下冷却下来。

“我们大家都热爱着这个岛。我们就是在这样的前提下掐架的。”岩田最后竟冒出了这么一句。

双方阵营的男人们全都在点头。明明互为死敌，可唯独在这一瞬间，彼此的心却融为了一体。

良平已经无言以对。伊良部也乖乖地注意着局势的发展。

“好了，今天暂时休战，明天再来。大家说好不好？”德本社长说。

“不用你争我抢，大家堂堂正正地一决雌雄。”岩田社长说。

“傻子，你抢谁的台词？”

男人们站了起来。“伊良部大夫，那就明天见。”说完，大家离开了诊所。敬老会的老人们则脸色凝重地聚集在门外，一张张在岛上生活了六七十年的面孔上都带着一种悲哀。

老人们都看着伊良部，好像在说，剩下的就看你的了。

“宫崎先生，我能不能回东京啊？”伊良部郁闷地说，“事情好像忽然变麻烦了。我马上弄个别的医生来。”

“你能不能别开玩笑？”良平瞪着他，“都什么时候了还说风凉话，你早干吗去了？”

“可我觉得压力太重了。我不想左右别人的命运。”

伊良部忸怩地扭着身子，嗲声嗲气地说。

良平的火往上冒，他恨不能把伊良部痛揍一顿。

就在这一瞬间，只听“铛”的一下，金属的撞击声在伊良部的后脑勺上响了起来。伊良部一回头，只见真由美正拿着洗脸盆站在他身后。

“疼疼疼疼，真由美，你太过分了。”

伊良部泪眼涟涟地蹲下来。周围的猫一齐跑开了。

“替你揍的。”真由美俯视着良平，粗鲁地说。

“啊，谢谢……”除了这几个字，良平不知道该如何回答。

从第二天起，双方对伊良部的接待达到了白热化攻势。午饭和晚饭时，必然会有一方找上门来，鼓动他搞特护养老院项目。

当然，焦点就在于以“顾问费”为名的回扣上。回扣的金额眨眼间就超过了五百万。

“喂，宫崎，你去跟他们说说，说我已经不要了。”连伊良部都没了脾气。

“为什么？你不是很想要点零花钱吗？”

“我有点怕了。看来零花钱还是一个月一百万左右为好。”

“关我什么事。您自己决定啊。”良平冷冷地推开他。

只是担心伊良部会逃回东京，在双方阵营的命令下，良平干脆直接变成了伊良部的助理，町政府的工作完全不用干，只管给伊良部做随从。

“我肚子疼，今天停诊。”伊良部软磨硬泡。

“不行，这么大的人了，少给我装病。”

“真的，一定是压力大导致的。”

良平直直地盯着伊良部的脸。

“大夫居然也长着平常人的神经？”

“我也是很敏感的，以后请叫我‘天真伊良部’。”

真是冒傻气，良平懒得理他。

“对了，宫崎先生，你的身体怎么样了？你不是患了植物神经失调症吗？”

良平这才想起得病的事。如此说来，最近几天自己居然没有什么症状了。忙这忙那的，完全把这件事给忘了。

“好像是痊愈了。毕竟钱都还上了。”

一定是这样的。自己获得解放，不再受夹板气了，身体眼看着轻便起来。

“原本我只是普通的一票。只是为了拉敬老会的票才被拽进来而已，现在任务转移到了大夫的身上，所以我就没用了，哈哈哈。”

良平爽朗地笑起来。

“太狡猾了。”

伊良部没精打采地走进空病房，从里面反锁上门。

“大夫，不要开玩笑。门诊患者都在等你呢。”

良平走上前，咚咚地敲着门。病房里没有回应。

“大夫，不要耍小孩子脾气了，快出来吧。”

里面仍然没有回应。良平绕到院子后面，从窗户窥探屋里的情形。

伊良部在床上捂着被子，蜷成一团。由于块头大，被子被顶得像一座小山似的。“大夫、大夫……”良平不断拍打着窗户，伊良部只好下床拉上了窗帘，一脸可怕的表情。

不会吧？难道他的精神年龄真的只有小学生那么大？

良平回到诊室，向真由美求助。“没用的。一旦耍起小性子来，他妈不来，他是不会罢休的。”真由美一副事不关己的样子，只顾在窗边抽烟。

“怎么了？”老太太们察觉到了异常。

“伊良部大夫躲到里面不出来了。”

“这傻瓜真让人没辙。”老太太们苦笑着说。

“你们早就发现他是个傻瓜了？”

“老给人打针，能发现不了吗？我们从一开始就知道了。不过，大家都喜欢伊良部大夫。因为傻瓜才可爱啊，让人心情放松。”

“对对。不知怎么回事，我的神经痛也好了。我们老年人需要关注。伊良部大夫拿我们当人待。”

良平恍然大悟。如此说来，伊良部还真是颇受大家的欢迎，这太神奇了。岛上的孩子们立刻就能跟他打成一片，因为根本不用去尊敬他。

这时，矶田来了。

“喂。大夫在不在？我把压轴的条件带来了。”

“啊，那个……”良平把情况解释了一下。

“什么？躲在里面不出来了？”矶田皱起眉头。

室井也来了。

“哟，跟矶田碰上了啊。你们就不能稍微回避一下——”

良平扯扯他的袖子，同样小声解释了一下。

“宫崎，你赶紧想想办法。你这助理是干什么吃的？”

“对。时间紧迫。快点。”

二人都逼上来。

“我说，现在已经无法用金钱来打动伊良部大夫了。”

“什么意思？”

良平叹口气，把情况挑明了——伊良部已经被顾问费一再加码的事吓怕了。

“真的？那个大夫居然也有这种脆弱的时候？”

“真是人不可貌相。我一直以为他是那种连一个亿都敢要的家伙。”

“他就是个孩子。”

良平咕哝了一句。沉默了一会儿，二人也深有同感地点点头。

“可是，不把他弄出来怎么成。”

“既然财物不行，那你们还有什么条件？说来听听。”

“哪有啊。”

三个人一筹莫展。良平泡了茶，在诊室里喝着。已经定居下来的野猫们全聚到了他脚下。

“咳、咳。”窗边长椅上的真由美干咳了两声。良平一抬头，发现她正在用眼睛暗示着什么。

“有事？”良平问。

“方法嘛，倒也不是没有……”真由美眯缝着眼睛说。

“你是说让大夫出来的方法？”

真由美自信地点点头。

“那就拜托了。”

良平说完，真由美把手心轻轻朝他翻了翻。

“啊，那个啊。”矶田和室井连忙翻口袋。“现在就只剩下这玩意儿了。”两个人递上两万。

真由美接过钱，漫不经心地塞进胸口，然后掀起超短白大褂，抽出夹在吊袜带里的手机，按了一会儿按键，然后贴在耳朵上，发出瘆人的声音：

"大夫，你要再不出来，我就给你妈打电话了。"

真由美只说了这么一句就挂断了电话。良平等人只能关注着事态的发展。

十秒钟后，走廊方向果然传来了开门声。伊良部趿拉着拖鞋走了出来。

"卑鄙小人！"他哼了一声，恨恨地瞪着真由美。

怎么，原来大夫最害怕的人是他妈妈啊。矶田和室井窃窃私语。

"大夫，你就死心吧。只要决定下来支持哪一方，你就解放了。"

良平用责备的口吻说。

"那就用石头剪刀布。小仓和八木用石头剪刀布决胜负，谁胜我就支持谁。"

伊良部一屁股坐到沙发上，赌气地说。

"石头剪刀布肯定不行，谁都不会接受的。"

"那，小仓派跟八木派就来个倒杆比赛[①]。"

"这个也不行。又不是开运动会。你脑子里在想什么呢？"

"那我回去了。"

伊良部又任性起来。

良平仰天叹了一口气，然后回过头来，向矶田和室井求助。不知为何，两人正互不相让地瞪着眼对峙。

---

①日本运动会的项目之一。双方阵营分别竖起一人多高的木杆，哪一方最先推倒木杆即获胜。

“我觉得行。”矶田低声吼着。

“我也没问题，只要后援会那边点头答应。”室井也一副吵架的架势。

“行？什么行啊？”

“倒杆比赛。”二人异口同声。

良平怀疑自己的耳朵听错了。“不会吧？”他沙哑地问。

“你不知道，十年前千寿岛每年都举行运动会。我事先声明一句，我们可不像红组对白组那样没劲。我们是小仓派对抗八木派。运动会的压轴好戏就是倒杆比赛。”

矶田抱着胳膊说。室井接过话茬：

“没错。每一次虽然没有死人，可重伤者总是不断。于是东京的某议员先生就介入了仲裁，最后运动会被终止了。这活动好像有五十年的历史了，对战的成绩是八木派二十六胜，小仓派二十四胜。”

“你真是个傻子，应该是二十五比二十五吧，所以小仓才接受仲裁的。”

“我说矶田，篡改历史可不好。你得正视过去。”室井探出下巴嘲弄他。

“你才篡改历史呢。”矶田面露怒色。

“我说，你们能不能找个更现实点的解决方法？”良平打着圆场。

“我觉得这个办法就很现实。”

"我也是。"

二人互不相让。"大夫也真是的，没事找事……"良平看看伊良部，目光中透出谴责。大概是事情的发展让他心情好转吧，伊良部竟端起了架子。

"伊良部大夫说的这件事说不定是上天的意思呢。"

"嗯，我也有同感。"

"总之，我一个人不能决定，得跟后援会商量。"

"我也得赶紧叫人。"

矶田和室井迈着大步离开了诊室。良平半天都没说出话来。他不断地在心中自问：倒杆比赛？决定把票投给哪一方，居然要用倒杆比赛的方式？

"啊，太好了。这样就跟我没关系喽。"伊良部拍着自己的肩膀。

"你在说什么呢？如果真通过倒杆比赛来决定，那就成了事实上的武力冲突。日本可是一个民主国家。"

"我说，宫崎先生，民主这玩意儿其实并不是最好的，要想发挥作用，得需要一定的规模。如果是一万人以下的社区，用从前藩主那样的统治方式反倒更繁荣，呼呼呼。"

伊良部完全恢复了神采，窃笑起来。

良平的大脑陷入了混乱。他看看墙上的挂历，距离投票日只剩四天了。

9

令人难以置信的是，两个阵营经过协商后竟一致同意，果真用倒杆比赛的方式来争取将特护养老院建设纳入己方公约的权利。“协商”一词只是一种婉转的表达，其实双方都铆足了劲儿，只是简单地卖弄字眼而已。

“小子，来啊。”“喂，放马过来！”

到时候，双方肯定是这种程度的激烈决战。

“没办法。这儿现在仍处在战国时代。”

明明是始作俑者，伊良部却一副事不关己的样子。他恢复了接诊，又热情地给老人和孩子们打起针来。

敬老会的人也都没有提出异议。

“这办法好。年轻的时候，我也是拼死决战过的。昭和三十年代，小仓的上一辈三连霸的时候，我可是防守的骨干。”

“女人们就忙着烧火做饭，煮上五升米，一眨眼工夫就没了。”

怀旧的老头老太太络绎不绝，候诊室最近的热门话题只有一个，那就是倒杆比赛。

良平至今仍在为不同的价值观而困惑。他经常仰望着千寿岛上方的天空瞎琢磨，说不定地球上大半的地方都是这样呢。

在这个尘世，纷争是不会断绝的。有些地方尽管悲剧不断，可人类依然在欢欢喜喜地互相争斗。

伊良部说，只要没出人命就算是成功了。如果按照这种思路理解的话，倒杆比赛倒也可以说是一种和平解决的方式。

对二十四岁的良平来说，这个世界实在是充满了未知。

那些关键的杆子就沉睡在神社的储物间里，都是黑亮亮的粗杆子，全长二十米，几乎能顶得上电线杆。

町政府的职员把这些杆子拉出来，让神主驱邪，驱邪时大家还虔诚地垂首默祷。这一幕让良平看在眼里，也觉得很神圣。

决战定在了投票的前一日，即星期六的正午，地点是小学的校园。双方各选二百名十五岁以上的男子参战，第一个拿到杆顶旗帜的一方为胜。虽然未成年人没有选举权，但大家还是遵照传统——岛上一直保留着“十五岁元服”的传统。

至于见证人，则是被大家指名的伊良部，以及由敬老会指定的数人。

“说句真心话，其实我也想参加倒杆比赛。”伊良部说。

“不行。你不能胡闹，因为大家都是认真的。履行好你自己的审判义务就行了。”

唯有在这种时候，良平才敢用强硬的语气教训伊良部。既然岛民做出了这种决断，就该让他们无悔地去战斗。良平在心里也渐渐地爱上了这个岛。

确定纲要之后，两大阵营都开始了练习。准备时间只有两天。小仓派在初中的校园练习，八木派则在体育中心的运动场练习。毕竟倒杆比赛中，队形是取胜的关键，所以训练的第一天是公开的，第二天无关人员就禁止入内了。

伊良部说想看一下公开练习，就在真由美和良平的陪同下去观摩，首先去了小仓的阵营。

校园里人山人海，甚至还有许多人爬到了树上观看。一排排树上挂满了装饰，简直像圣诞树。

女人们在一角做年糕小豆汤分发给参观者。伊良部自然是先朝着这边来。

“大夫，终于见到您了。”小仓的女儿分开人群，一下子搂住了伊良部，“拜托，大夫，您帮帮忙，一定要让小仓来建设特护养老院啊。”

“干啥，干啥，呼呼呼。”尽管有点慌乱，可伊良部还是一脸很享受的模样。

“小慧，这样做是没用的，要用倒杆比赛决胜负。”岩田社长说。

“啊，这样啊，怎么不早说，那还关我什么事。”说完，小仓的女儿一溜烟跑开了。

“宫崎君，你看，我们阵营的精锐大半都是渔民，就凭这战斗力，我们是不会输的。”

岩田社长骄傲地说。他自己也扎着头巾，一副强悍模样。

“是很强大。我保证，我也会跟伊良部大夫一样秉持中立的立场，谁获胜就投票给谁。”

“好。也许伊良部大夫只是随便那么一说，但我觉得这个方法是最好的。这样就不用花钱了。这话我私底下跟你说，最起码能省下三千万的选举费用呢。恐怕连小仓本人都在偷着乐。”

岩田社长笑着说。说到最后这句，他还刻意压低了声音，一脸轻松的表情，仿佛附体的邪魔被驱走了一样。

良平顺便还吃了一碗年糕小豆汤，让冬日里的胃肠好好滋补了一下。

接着，三个人又去了八木的阵营。这边也是人头攒动，生龙活虎，丝毫不输给小仓那边。虽然小仓阵营中也有不少年轻人，可这边似乎有更多平时看不到的年轻人。听岛上的人说，在东京租房念高中和大学的年轻人全被叫了回来，怪不得气氛如此热烈。上了年纪的人也都满面春风。

“春助，有没有信心？你最后一定要把旗子夺过来。”

在父亲的鼓励下，读高中的儿子紧张地点着头，真让人忍俊不禁。

德本社长走过来，同样为自己的阵容骄傲。“庄户人一到农闲期就到中心来锻炼身体，我们是不会输给渔民的。”他信心满满。

“我说宫崎君，你回到东京后把千寿岛的事情也给那边的人讲讲，就说即使到了二十一世纪，也有这种民主主义都不好使的岛。”

“开什么玩笑——”

“不过，我们都觉得这法子好，果断麻利。”

“明白。”

良平由衷地说。他已经不再拿东京的尺度来衡量这些人了。这个岛有这个岛的特色。千寿岛就是一个跷跷板，只有两组骑手才能动起来，少了谁都不行。

在一旁的角落里，伊良部正大口吃着刚出锅的牡丹饼。“大夫，悠着点，别撑着。”一个老太太在一旁唠叨。

后天，决战就要开始了。

决战的当天，整个码头从一大早就热闹非凡。听说沉寂了十年的倒杆比赛要复活的消息，那些外出讨生活的人们都带上家人回岛参观。一些临近岛屿的亲戚朋友也络绎不绝地赶来。各个岛上的町长也作为嘉宾被请过来。

“你们千寿可真好，每四年就上演一次堪比奥运会的娱乐活动……”

临近岛屿的町长调侃般说道。

“那位传闻中要给你们建特护养老院的伊良部大夫，到底是哪个人？”

各个町的副町长们也纷纷涌来，到处打探谁是伊良部。抓住伊良部后，他们一个个轮番请求："下次请务必光临我们岛。"

"嗯，那就看待遇了，待遇好的话，去你们那儿也行，呼呼呼。"

伊良部一副得意忘形的模样。

在小学的校园里，跑道周围人山人海。为了疏导人群，只好连校舍都对外开放，二楼和三楼的窗户边立刻挤满了人。

背对着校舍的观众席，右侧是小仓派支持者的区域，左侧是八木派支持者的阵营。敬老会则设在正中。

良平和真由美在总部的帐篷内辅佐伊良部。帐篷的中央并排设着小仓和八木的席位。伊良部等见证人坐在最前列。良平想看看二人此时的反应，只见双方都是一身外褂加裙裤的传统打扮，把脸都扭到一边，不看彼此一眼，样子实在是滑稽。

真由美跷着腿，懒洋洋地抽着烟。"一群傻子。"她一脸的鄙夷。

良平问："真由美小姐，你觉得千寿岛怎么样？"

"什么怎么样？"

"比如说，任期结束后还会不会再来？"

真由美沉默了一会儿，眯起眼睛，轻轻地摇摇头。

算了，这姑娘是绝对不会说真心话的。

女人们撒完辟邪的盐后，选手出现在了运动场上。他们一露面，就被雷鸣般的掌声和欢呼声淹没了。良平深受震撼。眼前的盛况就像滚石乐队的现场演唱会一样，让人还以为在上演大相扑的冠军争夺战呢。

“健次，你要加油——”

“亲爱的，绝不能输——”

加油声此起彼伏。观众席上挂满了五彩缤纷的大渔旗，本地寓意吉祥的千寿豆在空中飞舞。

男人们全都是六尺兜裆布配短布袜的装束，上身穿着号衣，小仓派是蓝色，八木派是淡褐色。为了这一天，有许多人连发型都理成了平头。

这古色苍然的景象让良平不寒而栗。

世界首屈一指的大都市东京中，高楼林立，衣着光鲜的男女在街头徜徉，金钱有无比广大的神通……可在距离东京仅有数百公里之遥的此处，竟然正在举行仿佛忽略了时代一般的仪式。东京的人们会相信有这样的情形吗?

首先由小学校长致开幕词，一身正装的校长来到早会的台上。

“到千寿岛赴任三年以来，我做梦都没想到会被委以如此的重任。作为一个明年春天就要离岛而去的人，我没资格在这里说三道四，只希望大家不要受重伤。下面我宣布，第五十一届千寿岛倒杆大赛现在开始。”

欢呼声再度涌起。校长那毅然的语气，让人一听就知道不是可以收买之人。

接着，敬老会的会长在孙子的搀扶下登台。这是一位快九十岁的老者，平时一直卧床，良平是第一次看到他。

老人清了清嗓子，会场立刻安静下来。

“我最近耳朵聋了，也不知道咱们町现在变成什么样了。不过，耳朵聋也有好处……我说，阿武啊。”

说着，老人喊了个名字。小仓立刻像弹簧般抬起头来。

“你家老爷子干村长的时候，我在村里做村议会的会长。你们小仓家的上一辈，那可是顶天立地的男子汉。现在的码头就是你们家上一辈人建造的。跟东京和船舶公司谈判，开启定期班轮，也是你们家上一辈的功劳。所以，你也要好好干，不要给你的上一辈人丢脸。”

小仓端坐着，故作严肃地点点头。

“那就好。今后要继续为岛上人好好服务。接下来，阿勇。”

八木随即挺直身子。

“遗憾的是，你父亲跟我曾经是政敌。这只是一种命运的巧合，丝毫没有个人的恩怨。我反倒对他很是尊敬。八木老先生是个工作热心的人。要没有这位老先生，千寿岛的农户们恐怕早就逃到岛外了。畜牧场就是八木建造的，在炎热的夏天，八木挥着锄头的样子我一辈子都忘不了。所以，你也一定要好好干，不要给你的老父亲抹黑。”

八木夸张地用力点点头。

“那就好。我们的时代已经落幕了。从今往后，你们年轻人就放手去干吧。”

听着听着，大家全都低下了头，一定是这番话触及了他们的心灵深处，让他们一点点羞愧起来。

“后援会的岩田和德本在吗？在的话，到前头来。”

二人畏畏缩缩地从选手中出来。那位粗暴的建筑公司社长像被蛇盯住的青蛙一样，一脸紧张的神情。

“你们俩在这儿握个手，在堂堂正正决战的誓言下握个手。反正阿武和阿勇是不会握的，你们俩就替他们俩握。”

尽管很为难，可二人还是答应了。一旁的小仓和八木满脸通红。

“好，大家鼓掌。”

一瞬的静寂后，双方的观众席上响起了雷鸣般的掌声，回荡在校舍和森林里。帐篷下面的来宾也站起来鼓掌，掌声久久不息。

良平心潮澎湃。他确信无论哪一方胜出，这个岛都不会有问题。就算是在利益上彼此对立，大家也都热爱着这个岛……

老人下台后，伊良部手持发令枪，一个箭步跑上台。

“各位，要开始了哦。大家都准备好了吗？”伊良部疯疯癫癫地吆喝着，“谁获胜，我就帮谁建设特护养老院，FOUR！”

正当大家沉浸在感动中的时候，这个傻瓜忽然登台亮相。良平不禁捂上眼睛。连真由美都低下了头。

“大夫，说话算话哦。”一名老太太使劲起哄。

“交给我了。我一定会说动爸爸的。”

"'爸爸'？大夫，你多大岁数了？难不成跟小孩子一般大？"

会场一下沸腾起来。紧张的空气瞬间放松，人们全都笑逐颜开。

伊良部真是个神奇的人，来岛上才两个星期，就把所有人的心抓住了——

不，抓住人心的说法是不是有点夸大其词了？总之，岛上的确来了一个神奇的生物。

"那好，大家各就各位——"

话音未落，两根杆子在左右两边立了起来。抬眼一看，那杆子有如堡垒般巨大，旗子在顶端迎风招展。

"开始！"

伊良部用左手食指塞住耳朵，右手举起发令枪。

双方共四百个男人都做好了准备。大家全都涨红了脸，洋溢着阳刚之气。观众都站了起来。良平也紧握拳头，咽下一口唾沫。

发令枪的枪声响起……

图书在版编目(CIP)数据

精神科的故事：锅男／(日)奥田英朗著；王维幸译. -- 海口：南海出版公司，2017.10

ISBN 978-7-5442-5735-0

Ⅰ. ①精… Ⅱ. ①奥… ②王… Ⅲ. ①长篇小说－日本－现代 Ⅳ. ①I313.45

中国版本图书馆CIP数据核字(2017)第187136号

著作权合同登记号　图字：30－2017－078

精神科的故事：锅男

〔日〕奥田英朗 著

王维幸 译

出　　版　南海出版公司　(0898)66568511
　　　　　海口市海秀中路51号星华大厦五楼　邮编 570206
发　　行　新经典发行有限公司
　　　　　电话(010)68423599　邮箱 editor@readinglife.com
经　　销　新华书店

责任编辑　翟明明
特邀编辑　贺　静
装帧设计　韩　笑
内文制作　王春雪

印　　刷　北京天宇万达印刷有限公司
开　　本　850毫米×1168毫米　1/32
印　　张　8
字　　数　150千
版　　次　2017年10月第1版
印　　次　2017年10月第1次印刷
书　　号　ISBN 978-7-5442-5735-0
定　　价　39.50元